古都

[日] 川端康成 著

郑民钦 译

中国出版集团 现代出版社

目录

写在前面的话

今年是川端康成先生逝世五十周年。他是日本的文豪，在日本文坛的地位极高，由于他荣膺诺贝尔文学奖，使得日本文学跻身国际文坛，成为世界性的文学。日本人盛赞他的这个功绩。

泰戈尔凭借《吉檀迦利》于1913年获得诺贝尔文学奖，时隔五十五年之久，诺贝尔文学奖评委将目光转向东方世界，而川端康成的确是当时亚洲出色的作家之一，获得诸多国内外的文学奖项，他凭借《雪国》《古都》《千只鹤》三部代表作，于1968年荣获了当年的诺贝尔文学奖（萨缪尔·约瑟夫·阿格农于1966年获诺贝尔文学奖，虽然以色列属于亚洲国家，但完全是西方生活模式，西方人未必视其为东方国家）。诺贝尔文学奖的授奖词说他"以具有优异感受性的手法表现日本人心灵的精髓"。1961年，日本政府授予他文化勋章，其理由是表彰他"以独自的样式和浓厚的感情，描写日本美的象征，完成了前人未臻的创造"。这说明日本官方对川端康成审美观的评价是“完美地创建了日本传统的美学体系”，日本国内的评论家都对这一评价深表赞同，我国有学者将这个“日本美”扩展为“传统东方美”，将其涵盖整个东方世界。

有人说川端康成是一个难懂的作家，主要是强调对他“新感觉派”的语境、情韵、意境的理解颇有费解之处。其实，美的朦胧、美的飘忽、美的隐晦，美的惊艳与美的悲哀、美的崇拜与美的毁灭、美的憧憬与美的死亡，在文学作品中随处可见。他笔下的世俗社会、人生百态、悲欢离合，通过一个个性格迥异的鲜活人物淋漓尽致地展现出来，为他构筑的文学殿堂里描绘一幅纷繁的世态风俗画，涂抹上缤纷的色彩，在虚幻中隐隐透出现实世界的喜悦与哀愁。这就是他所营造的日本风情，也正是他刻意追求的美学理念。他的美学理念归根结底是“日本式”的，日本评论家也一直强调这种“日本的传统美”，而同样获得诺贝尔文学奖的大江健三郎在日本的追崇、评价就与他大相径庭。

作为唯美派作家，川端康成在日本文坛上具有承前启后的作用，是现代派作家的先驱者之一。“新感觉派”已经成为他的标签，1924 年，他与横光利一等创办的《文艺时代》这一文学刊物，本身就是对当时流行的“私小说”“心境小说”等旧文学的对抗，试图在创作手法上突破传统藩篱，借鉴西方现代派手法，推动现代文艺运动的发展，革新文学审美观念。他们寻找到的便是“新感觉”的手法。

作为一种文学流派，“新感觉派”是文艺评论家千叶龟雄于1924年在《新感觉派的诞生》一文中命名的，虽然川端觉得“以睿智聪颖的理解力观察新一代作家的特性本质，对‘感觉’进行了周密细致的解释”，但“我为各位作家朋友着想，并不乐意接受这个名称”，不过最后他还是接受了这个称呼。

无疑，所有的作品都要描写“感觉”，这里所谓“新”，“新”在何处？川端对“新感觉”有一段明确的阐释：“不言而喻，由于新一代作家注重感觉，使他们的生活和作品充满新鲜感。这种新鲜感通过对人生的感触及其表达、素材处理等各种形式表现出来。而运用旧感觉写的作品却给予我们迟钝、混浊、沉重、不快的感觉。我们的肌肤不想接触那些缺少新‘诗意’的旧作品。然而新一代作家中有的创作具有新感觉的作品，有的运用新感觉创作作品。通过新感觉的眼睛，使人生进入新的‘诗意’。”（以上均见《文坛的文学论》）

“新感觉派”就是运用暗示、隐喻、意象、象征等手法表现人在瞬间的感觉，这在当时写实主义这种“旧”手法占据主流的文坛是一种危险的挑战。这需要更丰富的语言表现技巧、更细腻的心灵感触、更灵动的捕捉方法，才能营造出新颖独特的氛围、情趣、意境，揭示人物的内心世界。但是，“新感觉”只是一种创作手法，在其机制建构上没有进行系统性的理论探索，因此它不是文艺理论，尽管脱胎于表现主义和达达主义的“艺术革命”母体。“新感觉派”作为一个文学流派承担着文坛的一翼，与无产阶级文学派创刊的《文艺战线》，形成昭和文学运动的两大潮流，对当时的文坛产生了巨大的影响。

通过川端的作品，我们可以感受到“新感觉主义”这种感觉方式的独特魅力，当作者透过强烈主观色彩的眼睛审视世间万物时，外在事物就损失、扭曲了真实性、客观性、原色性，超越现实表象，臻于物我一体的境界，这种融入感正是“新感觉派”所期待的那种模糊、暧昧、叠影、虚幻的半是抽象的镜像，试图以此达到震撼读者心灵的效果。

川端康成的目光几乎不关注男性，作品的主人公始终都是女性，爱情是其永恒的主题，因为女性和爱情是川端创作的源泉，悲哀与死亡是川端文学主题的归宿，而且他更喜欢传统的日本女性，这大概是出于唯美的需要吧。代表作《雪国》《伊豆的舞女》《古都》《千只鹤》《东京人》等无一不是描写女性的喜怒哀乐，刻画她们的情感经历和心路历程，以“新感觉派”的手法从中发现、挖掘日本传统之美，展现出一种文学美的极致境界。其背景大抵受到 19 世纪女性主义运动的影响。但是，川端作品中的女性对以男性为中心的社会制度并没有表现出强烈的反抗精神，尽管她们深怀不满，乃至怨恨。就是说，她们绝非女权主义者，也许有些许女性自我意识，但并没有为改变自己的命运而进行抗争，她们所表现的喜怒哀乐不过是女性主义思潮的涟漪浪花，这也正是川端的“日本文学传统日本美”的阴柔质地。唯有女性的存在才使得他认识到自我存在的意义，才能笔底生花，然而，与其说他写女性，不如说他是女性的赞美者，运用冷彻的目光透视女人，同时与作品中的女性人物进行全方位的精神交流。

《雪国》开篇第一句“穿越过国界的长长隧道，便是雪国的世界。夜色下，大地变得白茫茫一片。火车在线路所前停了下来”。这一句历来被评论家和读者视为“新感觉派”的经典手法，原文是:“国境の長いトンネルを抜けると雪国であった。夜の底が白くなった。信号所に汽車が止まった。”原文三句话，语言平淡，平铺直叙，“雪国であった”，没有说“进入”雪国，而是使用功能性的判断助词，表示一种肯定存在的形态;“であった”表示在眼睛里已经形成雪国的存在而且依然存续的状态。夜的“底色”是一种隐喻，“夜的底”既指“夜色”，也指“暗夜中的大地”，在隧道这一头时，大地还是一片黑色，当穿过长长隧道后，大地变成“白茫茫一片”。这里的描写完全是主人公的视觉感受，既是客观的，也是主观的色彩在眼底发生的变化。眼底“黑色”的残像与眼前“白色”的实像叠合在一起，造成一种难以言喻的色彩感觉和心灵冲击。

第一章还有岛村通过车窗玻璃的反射窥视坐在斜对面的女孩叶子的场景，镜子具有写实与扭曲的功能，具有虚假与幻境的效应，是文学作品常用的道具，而作者以车窗玻璃作为镜子，这面镜子却是活动的，随着外部景色以及光线明暗的变化产生室内镜子的镜面所没有的“魔幻”的特殊效果。黄昏暮色，山间灯火，光线流动，在少女美丽的容颜上流淌，时而短暂凝固，时而瞬间消失，光怪陆离又娇艳绚丽，再结合刚才所听到的她“清脆悦耳，美得令人伤感，银铃般的嗓音”，一个青春洋溢、温柔体贴的乡间少女的形象跃然纸上。作者在文章中就这样描述:“镜子的底层流淌着黄昏的景色，就是说，被映照的实像与镜子的虚像如同电影的重叠摄影那样叠加流动。出场人物与背景毫无关联。而出场人物具有透明的虚幻性，风景具有暮色朦胧的流动性，二者浑然相融，描绘出一个世间没有的象征世界。尤其是山野的灯光映照在姑娘的脸上时，那是一种难以言喻的美，让岛村心灵震撼。”然而，这个车窗玻璃镜中美丽姑娘的形象介于真假之间，其假象背后也许隐含着悲剧的要素，如水中月、镜中花一样“徒劳无益”。连同女主人公驹子，虽然具有渴望坚强生活的生命力，却也“不过是美丽的徒劳”。所以，当叶子以犀利尖锐的目光洞察岛村与驹子的关系时，反衬出了她内心深处的虚无感和幻灭感。但是，在描写驹子照镜子的场景时，却是真真切切的室内镜，将红扑扑的脸颊与外面纯洁的白雪加以比较，相对于叶子充满抽象性的空幻之美，驹子则是具有官能性、充满活力的实实在在的堕入风尘的艺伎，她的美通过对真爱的憧憬、渴望揭示出人性纯洁的一面。驹子和叶子构成“实”与“虚”、“生”与“死”两个互相映衬的人物形象，提升了整篇作品的悲凉情韵，体现出“新感觉派”的基调。

《雪国》的终章描写银河，“仰望天空，感觉银河还会垂落下来拥抱大地”，并且引用松尾芭蕉的俳句，联想到流放佐渡岛的囚徒，感叹天涯孤客羁旅思乡的情怀，而主人公岛村“仿佛自己的身体悠悠然飘浮起来，进入银河里面”，“赤裸裸的银河好像即将垂落下来，将黑夜中的大地裹卷而去。这是何等极致的妖艳”。这是岛村脑中的幻影、心中的幻觉，在漆黑的暗夜中，天、地、人“裹卷”在一起，这似乎更多是对叶子之死的悲怆感觉，也凸显岛村对自己生存模式之迷梦不过是一场破灭的“徒劳”，原本就是虚无缥缈的心造魔影。问题在于，明知“徒劳”，却还要竭尽全力地投入这不可实现的无谓的爱情里，无论是在东京家有妻室的岛村对驹子的迷恋，还是驹子本身所憧憬的爱，都是一场虚无的梦，叶子对行男的照料，都不过是“美的徒劳”。川端的“新感觉”所希求的正是这种渺茫虚空的审美的隐晦性。

“新感觉派”强调的是作者的主观性，感觉就是一种顿悟，就是以自我精神主观地认识外在，观照世界，这样，外在事物就注入观者的个性，不再是原封不动的摄影，而渗透着人为的因素，呈现出各式各样的形态。作者们善于捕捉这样的感觉，甚至极限扩张感觉的脉络，攫取心目中的艺术生命。

“新感觉派”标榜以追求“传统日本美”为己任，这种美主要通过女性来体现，无论经过多么华彩的人生，但最终还是走向没落和死亡，应该说是川端对美最透彻的阐述。《雪国》《伊豆的舞女》《千只鹤》《古都》《睡美人》等都摆脱不掉这种宿命。

《伊豆的舞女》所描写的只是情窦初开的纯真感觉，没有表白，没有冲动，只是萦绕心间的好感、惦念、牵挂，最终留下一抹含蓄的感伤。主人公“我”有作者的影子，“我已经二十岁，一直严肃地自我反省由于孤儿根性所造成的性格扭曲，无法忍受令人窒息的忧郁，所以才到伊豆旅行”。而旅次与舞女民间艺人的邂逅让他感受到人情的温馨、爱意的温暖，在甘美的欣喜中咀嚼淡淡的哀愁，品尝短暂的朦胧的初恋的况味。然而，这懵懵懂懂的初恋无疾而终，归于没落，原本是为了缓解忧郁心情的旅行却越发落寞惆怅，郁结于心。

《古都》的情调总体上比较开朗健康，塑造的双胞胎姐妹都给人清新明丽的印象，但她们的心灵深处潜藏着家庭离散、身世辛酸的暗影，作者用清淡的笔触细腻地刻画了这两个少女内心对悲欢离合的人生际遇的哀愁苦恼。《古都》的舞台选择在京都，执笔之前，他说想探访日本的故乡，而京都这座古都正是作者的故乡，也是所有日本人的精神故乡，也许作者怀有心灵归属感的意图，他有着孤独凄楚的童年生活，饱受过人间冷暖和世俗偏见带来的伤害。这部作品可以说是作者寻求“日本的乡愁”之作，他从“乡愁”中寻觅“日本美”，最终发现的是满含哀愁孤寂的传统，并与古都的命运融合在一起，回归平安文学的审美情趣，并视之为民族之美。

《古都》花费大量篇幅描写京都的自然景色、风土人情、节庆祭典，最大限度地赞美古都的悠久历史和传统文化，极力表现充满生命朝气的两个少女的精神家园，对城乡的鸿沟、身份的差别、姐妹的爱情、性格的迷惘进行细致微妙的处理，但是，作者很少运用“新感觉”的隐喻、暧昧的表现手法，多是平实的叙述，平淡无华的表达把少女的感情变化、欢快愉悦、迷茫落寞、哀伤悲叹淋漓尽致地展现给读者，令人对她们的无言结局不禁掩卷惋惜。川端所追求的正是这种哀怨之美、不完整的美、幻灭之美，这也是平安朝文学风雅、虚无、幽玄、没落之美的遗风，川端将其升华为自我的审美情趣。

《千只鹤》的主人公是一位名叫菊治的男青年，但我觉得围绕在他身边的几位女性也可视为主人公。一个男人与身边的四个女人之间演绎的错综复杂的关系，剪不断理还乱的纠葛，自私又无奈的爱欲沉沦，超脱伦理的情欲，道德与罪孽的徘徊，嫉妒、愤怒、仇怨的交织爆发，在茶道这个高雅文静的面纱掩盖下的人的原始欲望的游戏，在一定程度上是对风雅之道所掩藏的媚俗低劣人品的辛辣嘲讽，那些雅致美观、历史悠久的茶具每一件都承载着丑恶的情欲往事，袒露出人生本能的百态，虽然经过反思后各人以不同的方式解脱自我，但终究没有得到精神的升华。

“总觉得自己被包裹在丑陋的黑幕之中”的菊治与父亲的情人太田夫人发生了关系，为了解脱这种背德的“罪恶”意识，渴望通过与文子的交往净化自我，但最终这种本愿完全破灭。如果说菊治“坠入咒语束缚和麻醉的底端”，文子就不应该迷恋菊治，然而她无法抗拒自己的心魔，爱上不该爱的人，在母亲太田夫人自杀以后，她已经开始发疯，因为只有这两个人是她世间的所爱。为了赎罪，她只好远离菊治，希望他与雪子结婚，让自己从菊治的生活中消失。她虽然理解母亲纯真的心灵，但拒绝死亡，“不论受到多大的误解，死本身绝不会为她洗白。死是对一切理解的拒绝。谁也不能原谅这一点”，“母亲之死就变成一种黑暗，就成为一个污点，留给后人的反省和懊悔都会成为死者的沉重负担”。唯有她理解“母亲是美丽的”，但“会在这样的幻梦中失去自己”。她摔碎沾染着母亲口红的志野陶茶碗的举动正是对罪孽与错误的决裂，是对菊治的救赎行为，也是对自己爱的破灭的宣告，是对后来负罪遁逃的自我牺牲的预示，是一种“自我了断的缘由”。川端的审美终究无法逃脱死亡的魔咒。

《千只鹤》还有未完成的续篇《波千鸟》，现在收入《波千鸟》的是 1953 年在《小说新潮》上连载的六回，但其实在 1954 年的三月号和七月号上还分别刊载有《春天的眼睛》《妻子的回忆》的初稿，大意是说文子就业，开始自己的新生活，而菊治踏上寻找文子的旅程，历经千辛万苦，两人重逢。至于重逢以后的故事发展，据随同川端康成去大分山中采访的同行人回忆："川端先生曾对我说，他想让文子在矿山的小卖店干活的时候，菊治前来找到她，两人重逢结合"（见《川端康成〈波千鸟〉未完结的秘话》，刊于 1978 年 8 月 28 日《朝日新闻》晚刊）。另外，1969 年，川端与武田胜彦对谈时，曾说过"考虑过让他们二人在山中殉情"（见《采访川端康成先生》，1970 年二月号《国文学》）。因为雪子对菊治的爱情无法把他从自己造成文子不幸的罪恶感中拯救出来，而他抛妻出走、寻找文子的行为同样也造成雪子的不幸，他只能忍受这种负罪的循环往复、心灵的苛责，别无选择地走上殉情这条不归路，一了百了。由于非常详尽地记录采访内容的笔记本遗失（六年之后的 1978 年，川端夫人表示，其实笔记本并非遗失，而是在作为工作室租借的东京某家旅馆里，就在川端写作时离开的极短暂的时间里被人偷盗。当初为了不给这家旅馆造成麻烦，才说笔记本遗失），作者只好放弃了，没有把这两篇收进去。但也有人认为，川端深陷孤独的悲哀和绝望，无法执笔续作。

《东京人》是一部战后初期东京中产阶级的生活画卷，可以折射出当时的社会状态。这是川端唯一的长篇小说，创作于1954年。这是一家五口人平平淡淡的日常生活，做珠宝中介商的主人公敬子与经营小出版社的俊三同居，抚养三个孩子，大女儿朝子和儿子清是敬子与死于战场的丈夫的孩子，二女儿弓子是俊三带过来的孩子。日本战后初期，这种形式的重组家庭相当普遍，是战争的后遗症，尽管有一些人暴富，但大多数人的生活并不宽裕，人们为了生存而拼命工作。敬子尽管不属于上流阶层，但已经很体面地出入于社会。

追求富裕幸福的生活是每个人的权利，敬子也不例外，她希望拥有温馨的家庭、甜蜜的爱情、美丽的容颜、健康的身体、年轻的心态、茁壮成长的儿女——总之，一个殷实、和睦、融洽、温暖的家庭。然而，在现实面前，她的梦想接连破灭。俊三经营不善，公司破产，而且不辞而别了，敬子以为他已经死去，还为他举办了葬礼。敬子为了生计，不得不变卖家产。接着敬子与医生昭男坠入情网，但未能结合。而清爱上了弓子，遭拒后，离家出走。昭男又爱上弓子。朝子与小山婚后家庭不和，经历家暴、离婚、堕胎，但她决心生下第二次怀孕的孩子。清发现俊三没有死，便回归家庭，与弓子一起寻父。故事没有撕心裂肺的矛盾冲突，没有寻死觅活的情感纠葛，只是淡淡地、缓缓地展开，云淡风轻，娓娓道来，情节却引人入胜。这些看似平淡琐碎的事情，在每个社会、每个阶层都会存在，川端从这些凡人凡事中挖掘出悲欢离合的人间冷暖，讲述战后初期生存的艰辛，揭示人心的孤独和寂寞，品尝生活的苦涩，体味直面残酷现实时的无奈和伤感。与川端的其他代表作中的“死亡美学”相比，《东京人》没有为人物的命运罩上死亡的阴影，生活的艰难并没有压倒敬子，反而激发起她在凋敝的社会环境中克服困难、勇敢创业、追求美好生活的勇气和意志，她拒绝命运的摆弄，敢爱敢拼，迎难而上，虽然深受道德的谴责，忍受感情的煎熬，却对自己爱的欲求诚实，活出自己的精彩，充满生命力，尽管感情生活遭遇不幸和挫折，依然是一位善良、温柔、坚强、有韧劲的女人。她应该是战后初期中年女性的缩影，无数人背负着战争的阴影，渴望爱情和幸福，在生活刚刚开始复苏、战争创伤尚未愈合、依旧贫瘠的土地上艰难前行。

当然，川端的无常观还是在小说的底层涌流，人生不可测，命运不可捉摸。俊三与以前的女秘书美根子开始新的生活，昭男与敬子天各一方，弓子投入清的怀抱，叛逆的朝子坚持走自己的人生道路，出乎意料的各种结局甚至让自己惊悚、束手无策，不得不正视、不得不接受，这种被迫的无奈可谓心灵的悲哀，但必须承受感情的痛苦折磨，感叹多舛命运的虚幻。

川端细腻的手法也是一个很好的看点，细致入微地刻画人物的心理状态，捕捉喜怒哀乐的各种细微的表现，再现女人的微妙情感变化，一言一行，一颦一笑，一句似乎无心的话，一抹不易察觉的浅笑，一个看似颇不起眼的动作，把此时此景的情感烘托出来，变幻莫测，入木三分，雕琢出各人不同的性格，有血有肉，使得整部小说充满东京社会的烟火气，川端很懂得女人，能吃透女人的心理变化，这大概就是他的小说主人公基本都是女性的缘故吧。

这是一枝“恼人的秋天里的蔷薇”，绽放之后归于平静，但依然可以从宁静中品味恼人的浪漫。

受到先锋派文学刺激的川端康成在《文艺时代》发表诸多“掌小说”，大抵三千字以下的小小说一百四十六篇。“掌小说”是中河与一命名的，川端十分认可，认为“这个名称恰当顺口。它表明并非长篇小说的一部分，也不是小品文，而是极其短小的小说。此外没有任何条件”。对于“掌小说”的本质，川端康成与武藤直治发表在《文艺思潮》上的《昆特形式小论》的观点“不谋而合”，即“日本人喜爱简洁明了的、具有客观态度的主知或者理智型的形式主义的散文般文艺。这一点和拉丁民族相同。日本人独特的传统性幽默、讽刺、直率的现实批判，大概就是适应新的昆特（法语，意为短篇小说、小故事）形式和内容的根本因素吧”。（以上见 1926 年发表的《掌小说的流行》。）

这些掌小说涉及爱情、友谊、青春、生活、家庭、社会等内容，取材广泛，喜欢表现不拘泥于传统道德的自由精神，隐含着作者期望从早先的失恋以及孤儿根性中挣脱出来走向新世界的愿望，为他后来的创作奠定了语言和表现手法的基础，萌生新的审美取向，开始显露出川端文学的特质。尤其对情绪波动大起大落的描写，心理感受寂寥悲伤的刻画，直觉感悟细致入微的把握，象征手法运用得娴熟自如，已经达到得心应手的程度。他将掌小说与俳句相比较，认为其有诗歌特质，篇幅虽小，容量很大，因其小，潜藏着丰富的含义，留有进行千姿百态解析的余白，所以具有艺术的纯粹性，可以极大地震撼读者的心灵。这种“纯粹”等同于诗歌的“纯情”，因为他坚持心像即表现的艺术这个理念，诗歌的直观性始终贯穿于他的创作过程中，就是“纯粹”的感觉。这种“感觉”具有极强的主观性。主观性是他认识世界的立足点，诗的主观性是映照万物的镜子；而语言与音乐、美术一样，是表达感觉的媒介。

例如《雨伞》，焦点就是一把伞，通过照相，勾画出少男少女恋情在不知不觉间萌动的微妙变化，“雨伞，普普通通的雨伞，伴随着他们……”这种表现手法就是诗歌的直观性，瞬间的闪光化为永恒的瞬间，不再是现实的时间，没有涉及过去和未来，只有当下，当下的“雨伞”伴随他们从过去走向未来。这是直观地把握生命的流淌，将长长的时间纵轴凝缩在渺小的具象上。

再如《秋雨》，作者一开头就写“红叶如火，满山红叶，犹如降落一团团火焰，这样的幻影浮现在我的眼睛深处”，秋雨、山岭、涧谷、岩壁、天空、蔚蓝、暮色、白色石头、红叶、湛蓝色的流水、倒影、火焰、火团……一系列的景象给读者目不暇接的感觉，而这些都是“开往京都的特快列车上在夜间即将打盹时所看到的幻影”。这是川端最擅长的手法，在虚实、明暗、高低、大小、动静之间铺开一幅巍峨雄浑、云谲波诡、变幻无常、捉摸不定的怪异画面。“一团团火焰”，无疑是作者的幻象，却是如此美丽壮观，又是如此迷离诡秘，红色的火影寂静无声，明灭闪亮，浮现在眼睛深处，降落在心灵深处，印证着大自然的生机勃发，奥秘深邃。接着，作者一下子把笔触拉回到现实生活中来，回忆起十五六年前在医院见到的两个女病人，一个是“植入人造胆囊管”即将死去的婴儿，另一个是坚持不动手术回家去的“五岁左右的女孩子”。这里，是生与死的分水岭，一个是母亲面对女儿死去的平静，另一个是小姑娘渴望活下去的意愿；一个是听天由命的无奈无助，另一个是与命运抗争的倔强坚毅。接下来，又是“一团团火焰降落在层林尽染山头的幻影，那是静谧安静，而敲窗流淌的露珠般无数雨滴的音乐，则化为火团降落的幻影”，但作者看见越来越大的雨水、斜斜流淌的雨滴形状、雨点的动和静、水滴描绘的线条，仿佛听见“音乐的奏鸣声”，这一切都为下面已经长大成人的当年那个小女孩的出场进行铺垫，看似虚弱的生命原来具有如此坚忍顽强的力量，羸弱女童的心间竟然潜藏着如此坚强的毅力。

这篇短文用很大的篇幅两次细腻描写幻影，第一次与回忆，第二次与期待的现实联系在一起，虚与实之间的乖离、结合都寓意着生与死的逻辑哲理。从这篇小文依然可以感受到川端对死的平静心态，生命之火的绽放终归熄灭，犹如“火团降落的幻影”，这个“幻影”依然美艳明亮，闪烁跳跃，消失在“湛蓝色的溪流上”，迸发出最后瞬间耀眼的光芒，这大概也是川端本人的写照吧。

川端康成文学的审美观归根结底在于平安朝的美学思想，他在《我在美丽的日本》《美的存在与发现》《日本文学之美》等文章中曾有过较为系统的论述：“大约一千多年前，日本吸收唐朝文化，经过日本独特方式的消化以后，诞生了绚丽的平安朝文化，创造出日本的审美理念。……于是，诞生了日本古典文学的最高名著，如和歌的第一部敕撰和歌集《古今和歌集》、小说的《伊势物语》、紫式部的《源氏物语》、清少纳言的《枕草子》等，创造出日本美的传统，影响了——不如说支配了——此后的八百多年间的后代文学。”（见《我在美丽的日本》）从平安时代中期开始，“哀”成为审美的一个重要内容，“哀”与“物哀”的含义可以说是平安文学美的核心，“物哀”被视为高雅的美。这种具有浓厚无常色彩的“谛念的哀”成为平安朝末期直至整个中世的“哀”的形式，同时也与其他美的要素结合成幽玄、幽艳、妖艳、闲寂等复合美。本居宣长坚持认为“物哀”才是日本民族文学传统美的本质，是文学审美观的核心。川端康成的《雪国》奠定了他的幽玄哀婉、妖冶浓艳的风格，集中体现了他的以《源氏物语》为中心的贵族美学理念。

美的没落的最终形态是生命的终结，同时也存在精神生命的陨落，川端康成直面死亡这种宿命，视之为美的归宿。他作品中人物的死亡是梦幻的凝固，花的绽放与落败、美的永恒与凋零的并存，恐怕也是他精神修炼之旅的终点。所以他的作品具有浓厚的无常观。平安时期的文学，通过人的肉体的生成与毁灭、灵魂的净化和升华追求佛教所说的净土世界。当时的佛教大多信仰净土宗，认为俗世是“秽土”，人事无常，追求净土，厌世成为一种社会思潮，在文学作品中，《源氏物语》《紫式部日记》《古今和歌集》《和汉朗咏集》《拾遗记》等都有直接涉及“无常”的表现。其中《源氏物语》中的“无常”最为典型，在某种意义上和“物哀”相通，成为表现女性高雅修养的具体内容。理解“无常”，深谙其道，从容对待，就显得风雅。当然，源氏所谓的“无常”，其本质是哀叹生命短暂，白驹过隙，希望在有生之年与自己心爱的女人亲密相处，死后也一莲托生。应该说，这才是《源氏物语》对“无常”的真正认识，也是平安时代一般人的“无常”意识。

生命之死是美的毁灭，毁灭是对迷恋生命的拒绝，是对死的平静接受，川端康成的作品擅于将丑化为美，他终结自己生命的时候，也许认为毁灭本身也是一种美，是通往达观境界的寂静之美。他以自身的殉情为“无常”的审美意识画上句号。他直视残忍的眼睛直至最后都没有放过任何的丑，而自己临终之眼捕捉到的哪怕一丝清新之美，都是对一生面对丑陋的复仇，这是他心底的一种强韧力量。

他的《古都》是踏上寻找乡愁的旅途，而“乡愁”又会归结到日本传统文学美的发现。对于川端来说，文学创作就是人生的旅行。三岛由纪夫认为川端是一个永恒的行旅者，旅行是人生的象征，随时与死为伴，旅途的终点便是死亡。死之虚无才是他与生相交的媒介，这是一面照见自己灵魂的镜子，他从中发现了自己的孤儿根性。他是走到尽头了，他又没有到达终点，他还在继续所谓的“死后之旅”。因为他知道，“无言之死，便是无限之生”。芥川龙之介在《给一个旧友的手记》中说：“所谓大自然之美，因为我临终之眼里映现出来之缘故。”川端康成在《临终之眼》中回忆芥川的这句话，他说“一个人无论怎样厌世，自杀不是开悟的办法”，并不赞同自我了结生命这种行为，正如他在《花未眠》中所说的那样：“自然之美是无限的。……凌晨四点的海棠花，它的盛开着实可贵。我有时会自言自语道：如果是一朵艳丽的鲜花，那就尽情绽放吧！”然而，他还是选择了自我毁灭的美学，映照在临终之眼里的也许是空漠冷寂、幽艳颓靡之美吧。

这套书没有收入《睡美人》这篇重要作品，《睡美人》是《湖》与《一只胳膊》承前启后的作品，讲述老人与性的问题，其世界观、审美取向一脉相承。因为该文基本失去了人类对爱情、对情爱的理性思考，突破道德的约束，只剩下赤裸裸的色情和露骨变态的性欲，他的审美在这篇魔性的作品中趋向泯灭，他甚至从禽兽般的生态中发现生命力的源泉，可见川端的美学理念中也有如此极端的一面。

这套六卷本的川端康成文集将由现代出版社出版，选编书目时，我得到编辑朱文婷女士许多很好的建议，应该说涵盖了川端的全部代表作，并收入许多他的重要作品，体裁包括长篇小说、中篇小说、短篇小说、掌小说，以及散文、评论，由于篇幅所限，有一些重要作品未能收入，但总体上体现了川端文学的全貌。由于受新冠肺炎疫情影响，可能会比预定时间推迟一些时日与读者见面，希望大家喜欢，并就教于大方之家。

郑民钦

2022 年 4 月 28 日于福州

春天的花

千重子发现枫树的老树干上绽开着紫花地丁的花朵。

“啊，今年又开花了。”千重子感受到春日的温暖。

在市内住宅的狭小庭院里，这棵枫树算是够大的了，树干甚至比千重子的腰围还要粗。当然，苍老粗糙的树皮，青苔斑驳的树干，那是无法与千重子袅娜纤柔的娇躯相提并论的。

枫树的树干在与千重子齐腰高的地方稍微向右扭曲，在千重子头部上方使劲向右弯了过去。于是，枝杈舒展，遮盖整个庭院。长长的枝条沉甸甸地略微低垂下来。

在向右迂曲的树干稍往下一点儿，似乎有两个小孔，紫花地丁就是从这两个小孔里生长出来的。每年春天必定开花。从千重子记事的时候开始，树上就有这两株紫花地丁了。

两株紫花地丁，上下距离约有一尺，到千重子出落成青春少女的时候，就曾想过：“这上下两株紫花地丁是否见过面呢？

它们是否相识呢？”不过，紫花地丁的“见面”“相识”，指的究竟是什么意思呢？

花开三五朵，年年花相似。每到春天，树上小孔都会发芽开花。千重子时而在走廊上眺望，时而在树干下仰望，时而为树上紫花地丁的“生命力”所感动，时而有一种“孤独感”袭上心头。

“生于此处，竟能活下去……”

来店里的顾客虽然盛赞枫树的遒劲风姿，却几乎没有人察觉到树上盛开的紫花地丁。结着树瘤的粗干长满青苔，一直延伸到高处，更增添了树容的雄劲雅致，所以寄生在树干上的紫花地丁不会引人关注。

然而，蝴蝶知道它的存在。当千重子发现紫花地丁开花的时候，总是有在院子里低飞的成群的小白蝴蝶从树干飞到紫花地丁附近。此时，枫树正萌出淡红色的嫩芽，蹁跹舞蝶的洁白显得格外清晰鲜明。两株紫花地丁的叶子和花朵在树干翠绿的青苔上投下朦胧的影子。

这是一个云淡风轻、温暖和煦的春日。

千重子坐在走廊上，凝视着枫树干上的紫花地丁，直至蝴蝶全部飞走。

她真想轻声念叨：“今年也是在同样的地方，开出这般美丽的花朵。”

紫花地丁的下面、枫树的根部旁边，立着一座古旧的石灯笼。千重子记得父亲曾告诉过她：灯笼底部雕刻的是基督的立像。

“这不是马利亚吗？”当时千重子问道，“还有很大的，跟北野天神[①]一般大。”

“这是基督。”父亲语气淡然地说道，“他没抱婴儿。”

“哦，还真是……”千重子点了点头，又问道，“那我们祖上有基督教徒吗？”

“没有。这座灯笼大概是园艺师或者石匠拿来安放在这里的。灯笼本身也很一般。”

这座灯笼大概是过去基督教禁教[②]时代制作的吧。灯笼的石料粗糙，易脆，浮雕像又经过几百年的风吹雨打，已经残缺不全，只有头部、身躯和脚的形状尚可分辨。当年雕像也很粗略，袖长，几及下摆。双手似合十，只是胳膊处略有隆起，不知什么形态。但是，显而易见，这根本不是佛像或地藏菩萨像。

这座基督雕像的灯笼，也许是过去宗教信仰的象征，也许是过去异国情趣的装饰，如今只因为它的破旧残损，即使是在

①北野天神，指北野天满宫，在京都市，著名的神社，祭祀学问之神菅原道真，称之为“天神”。与太宰府天满宫同为全国天满宫之总本社。——本书注释均为译注。

②基督教禁教，基督教传入日本后，由于与日本的神道发生冲突，丰臣秀吉当政时开始禁止信仰基督教，江户时代（1603—1867）为甚，导致被迫转入地下。明治维新后才重新开放基督教传播。

千重子家的庭院里，也只是搁置在枫树老木的根部旁边。如果有客人看见，父亲就介绍说“这是基督像”。但是，来谈生意的客人中，极少有人会注意到大枫树边上这座不显眼的石灯笼。即使有人看到，院子里摆放一两座灯笼司空见惯，也不会仔细观看。

千重子的目光从树上的紫花地丁移到树下的基督像上。她虽然上的不是教会学校，但喜欢英语，也常去教堂，阅读《旧约》《新约》，但是，要是给这座古旧的灯笼供花点烛，似乎又觉得不伦不类。灯笼上没有雕刻十字架。

基督像上方的紫花地丁，倒是让人感觉是马利亚的心。于是，千重子又把目光从基督像灯笼移回到紫花地丁上。——这时，她忽然想起饲养在古丹波[①]壶里的金钟儿。

千重子开始饲养金钟儿，比她发现枫树老木上的紫花地丁要晚得多，也就是四五年前的事。她在高中同学家的客厅里听见金钟儿鸣叫，就要了几只带回家里饲养。

“养在陶罐里，太可怜了。”千重子这么一说，可是同学回答说，那总比养在笼子里看着它死掉强吧。听说还有的寺院养很多金钟儿，产卵出售。看来也有不少同好者。

---

①丹波国，日本古代的令制国之一。其领域大约在现今的京都府中部及兵库县东面。古代盛产陶瓷器，称“丹波烧”。

千重子饲养的金钟儿，现在增加不少，分别装在两个古丹波壶里。每年一准在七月一日左右孵出幼虫，八月中旬开始鸣叫。

金钟儿在狭小阴暗的壶里出生，鸣叫，产卵，死去。但是，它可以保护虫卵，传宗接代，这样看来，也许比饲养在笼子里只能短暂地活一代要强吧。完全是一生在壶中，壶中别有天地。

千重子也知道，“壶中别有天地”出自中国古代的故事。壶中既有琼楼玉宇，又有美酒琼浆、山珍海味。所谓“壶中”，就是与凡间俗世完全不同的另一个世界，就是仙境。这是中国诸多仙人传说中的故事之一。

当然，金钟儿并非厌弃俗世而住进壶里的。虽然它身在其中，也未必知道。它只是在营造自己的生命。

最让千重子惊讶不已的是，如果时不时将从别的地方拿来的雄虫放进壶里，光是靠壶里的金钟儿自行繁殖，生出来的幼虫都很弱小。这是多代近亲繁殖的缘故。为了避免这种现象，金钟儿的同好者们就形成了交换雄虫的习惯。

现在是春天，虽然不是金钟儿欢唱的金秋，但是千重子从枫树树干的小孔里又绽开的紫花地丁联想到壶中的金钟儿，其间并非毫无关联。

金钟儿是千重子放进壶里的，而紫花地丁是怎么来到这狭窄憋屈的地方的呢？紫花地丁已经开花，金钟儿恐怕今年也要出生鸣叫吧。

“这难道就是大自然的生命？”

千重子把春风吹乱的头发撩在一只耳朵后面，将紫花地丁和金钟儿进行比较，而“自己又是什么样呢……”。

在大自然的生命欣欣向荣的春日里，只有千重子一个人在观赏这微小的紫花地丁。

店铺那边传来像是准备吃午餐的声响。

千重子今天和朋友相约一起出去赏樱，也该到梳妆打扮的时间了。

昨天，水木真一给千重子来电话，邀请她一起去平安神宫赏樱。真一的一个学生朋友半个月前在神宫入口处担任检票员，他告诉真一，现在正是繁花似锦的盛开时节。

真一哧哧地笑道：“是我叫他留意的，没有比这更确切的了。”他的笑很美。

千重子问道：“他会关注我们吗？”

“他是看门的，谁都得从他面前过。”真一又笑了笑，“这样吧，要是你不愿意，咱们分头进去，在院子的樱花树下会合。花非常美，就是一个人看，也看不厌的。”

“这样的话，你一个人去看不是更好吗？”

“好是好，要是今晚下一场大雨，就全凋谢了。那可别怪我。”

“我就是想看花落花谢的风情。”

“风吹雨打，败落污脏，还有什么风情吗？所谓落花嘛……”

“你真讨厌！”

“谁啊……”

千重子挑了一件素雅的和服穿上，离家出门。

平安神宫建造于明治二十八年（1895），其“时代祭”[①]最为有名，为的是纪念一千多年前桓武天皇[②]定都京都。神殿的历史不算太长，但神门和外拜殿据说模仿了平安京的应天门和太极殿的形状。也种植有右近之橘[③]、左近之樱[④]。昭和十三年（1938），迁都到东京之前的孝明天皇[⑤]也合祭于此。现在很多人在这里举行神前婚礼。

绯红的垂樱花团锦簇，装点着神苑各处，缤纷绚丽，实在是美不胜收。如今可以说，只有此地的樱花才是京都之春的代表。

千重子一走进神苑入口，盛开的垂樱嫣红照眼，心花怒放，

---

①时代祭，每年10月22日举行的纪念桓武天皇迁都京都的活动。京都三大祭祀之一。

②桓武天皇（737—806），日本第50代天皇。794年，将首都从长冈京迁到平安京，从而开创了平安时代。

③右近之橘，种植于平安宫皇宫紫宸殿南台阶下西侧的柑橘树。朝廷举行仪式时，右近卫府武官排列在这一侧。亦称南殿之橘。

④左近之樱，种植于平安宫皇宫紫宸殿南台阶下东侧的樱花树。朝廷举行仪式时，左近卫府武官排列在这一侧。亦称南殿之樱。

⑤孝明天皇（1831—1867），日本第121代天皇。终生在平安京度过的最后一位天皇。

不由得止步伫立，眺望眼前美景：“啊，今年又逢京都春。”

可是，他在哪里等我呢？他来了吗？千重子打算找到他以后再一起赏花，于是从花木丛中走下去。

真一躺在下面的草坪上，手指交叉着枕在脑后，闭着眼睛。

千重子没想到真一会这样躺在地上。不喜欢。有这样子躺在地上等年轻姑娘的吗？她觉得自己受到了羞辱，与其说他举止不礼貌，不如说他闭眼躺卧本身就令人讨厌。在千重子的生活中，还不习惯看见一个男人在她面前这样躺卧。

真一在大学里，大概经常和同学们一起，在草坪上，或枕着胳膊，或仰面朝天，高谈阔论，意气风发。他现在这个姿势也就是这么养成的。

有四五个老太婆在真一身边，打开多层方盒，一边吃饭，一边悠闲地聊天。真一方才大概对这些老太婆有好感，便坐在她们旁边，然后才这样躺下来的吧。

这么一想，千重子不禁露出微笑，结果自己反倒面红耳赤。她也不叫醒真一，只是站立一旁。她真想从真一身边走开，因为她的的确确从未见过男人的睡相。

真一身上的学生服整整齐齐，头发也梳理端正，两道睫毛合拢，简直就是一个美少年。然而，千重子没有正面注视他的脸。

“千重子！”真一喊一声，站了起来。

千重子顿时不乐意了：“躺在这儿睡觉，像什么话？来来往往的人都瞧着你。”

“我没睡。你一来，我就知道了。”

“你坏！”

“要是我不叫你，你会怎么办？”

“你知道我来了，干吗还装睡？”

“我想，一个多么幸福的小姐走过来，我感觉有点儿悲哀，还有点儿头痛……”

“说我吗？我幸福吗？”

“……”

“你头痛？”

“不，不痛了。”

“好像脸色不好。”

“哦，没什么事了。”

“真像是一把宝刀。”

真一偶尔听别人说他是“刀形脸”，但这是第一次听千重子也这么说。

当真一听别人这么说自己的时候，心里总是燃烧着一种炽烈的情感。

真一笑道：“宝刀不杀人，何况是在樱花树下。”

千重子走上缓坡，返回到回廊的入口处。真一也离开草坪，跟了过去。

千重子说道："真想把所有的花都看个遍。"

一回到西边回廊的入口处，一簇簇红色的垂樱锦绣艳丽，立即把人融进春色之中。这才是美轮美奂的春天。连纤细低垂的枝头上也缀集着娇红的八重樱。如此花树，与其说是树上开花，不如说是花满枝头。

"这一带的花，我最为喜欢。"千重子说着，把真一带往回廊向外拐弯的地方，那里有一株树冠舒展、茂密重叠的大樱花树。真一也站在一旁观赏。

"细看起来，这棵树颇具女性风姿。"真一说道，"不论是低垂的细枝，还是簇簇红花，都具有温柔丰腴的风韵……"

而且，八重樱的红花仿佛还晕染些微的淡紫。

真一继续说道："我以前没发现樱花具有如此的女性风采，色泽、风情都显现出妩媚润泽的情趣。"

接着，两人离开，向池边走去。道路两旁，摆放着长条凳，上面铺着红色毛毡，人们坐在上面，啜饮淡茶。

这时，听见有人喊："千重子！千重子！"

身穿长袖和服的真砂子从坐落在幽暗树丛中一处名叫"澄心亭"的茶室走下来。

"千重子，来帮帮我的忙。我一直给茶席师傅打下手来着，有点儿累了。"

千重子说道："瞧我这身打扮，也只能洗洗茶具。"

“洗茶具，那也没关系啊……在后面点茶端茶就行了。”

“我还带个伴儿呢。”

真砂子这才发现真一站在一旁，便在千重子耳边悄声问道：“未婚夫？”

千重子轻轻摇了摇头。

“男朋友？”

千重子还是摇摇头。

真一转身走开。

“喏，到茶室里坐坐吧，一起进去，怎么样？现在没什么人。”

千重子婉拒了真砂子的邀请，追上真一，说道：“茶道的朋友，漂亮吧？”

“还过得去吧。”

“哎哟，她会听见的。”

千重子对着依然站在那儿目送他们的真砂子也以眼神致意。

沿着茶室下面的小路，走到尽头，便是池塘。岸边有一片菖蒲，密集挺拔，叶子嫩绿。水面上漂浮着睡莲。

池塘周边，没有栽种樱花树。

千重子和真一沿着池畔绕行，走进幽暗的林荫小道。嫩叶的清香与湿土的气味混杂在一起，弥漫空中。林荫小道很短，走到尽头，展现在眼前的是一个宽阔的庭院，庭院里有池塘，比刚才的池塘还要大，令人顿觉豁然开朗。岸边的红色垂樱倒映水中，明媚照眼。有外国游客正在拍照留影。

然而，池塘对岸的树丛中，棂木羞答答地绽开着白花。这让千重子不由得想起奈良。那里的松树，虽不高大，却多是盘虬卧龙，鹤骨奇姿，没有樱花，苍松葱郁也足以引人入胜。而现在，高洁的青松，清澈的池水将垂樱的花丛映衬得格外明媚鲜艳。

真一走在前头，踩着放置水中的踏脚石过到对岸。这叫“渡水”。圆圆的踏脚石，仿佛是将鸟居的圆柱横着切断后摆放水中。千重子踩着踏脚石过去的时候，还会时不时地稍稍撩起和服的下摆。

真一回头说道：“我想背你过去。”

“你敢试试看，算我服你。”

不过，其实这样的踏脚石，连老太婆也能走过去。

踏脚石边上，也漂浮着睡莲的叶子。接近对岸时，踏脚石周边的水里，映照出小松树的倒影。

真一说道：“踏脚石的排列方式也具有抽象性。”

“日本的庭园不都具有抽象性吗？就像醍醐寺[1]庭园里的桧叶金发藓，到处嚷嚷抽象啊抽象啊，反而令人反感……”

---

①醍醐寺，位于京都市伏见区，真言宗醍醐派总本山寺院。山号醍醐山。本尊药师如来，理源大师圣宝开创。丰臣秀吉曾在此举行“醍醐花宴”，寺内现有六处日本国宝级建筑。列入世界文化遗产名录。

“是这样。那个桧叶金发藓的确很抽象。醍醐寺的五重塔已经修缮完毕，要举行落成典礼，咱们去看看，好吗？”

“醍醐寺的五重塔也是模仿新金阁寺[①]的塔吗？”

“一定焕然一新了。其实，塔并没有被烧毁……而是整体拆卸，重新组装。落成典礼正是樱花盛开的时节，恐怕会是人山人海。”

“要说看花，除了这儿的红色垂樱，别的地方就没什么可看的了。”

两人走完最后几块踏脚石。

渡过水，岸边一片松林，他们没走多久，便来到“桥殿”。所谓“桥殿”，正式称呼应为“泰平阁”，状似“殿”，实为“桥”。桥的两侧设计成低矮靠背的长椅，人们可以小坐休憩，隔水眺望庭园之美。当然，无疑，这是先有水才有的庭园。

有人坐在桥上又吃又喝，还有孩子在桥中间奔跑玩闹。

“真一，真一，这儿……”千重子先坐下来占座，用右手按着身边的位置，然后呼喊真一。

“我站着就行。”真一说道，“蹲在你脚边也可以……”

“我可不答应。”千重子猛然站起来，让真一坐下，“我去买鲤鱼饵来。”

①金阁寺，即鹿苑寺，位于京都市北区，临济宗相国寺派的寺院，建造于1397年。1950年，舍利殿被人放火而烧毁。1955年依原样重建。1987年全殿外壁的金箔重新装饰。列入世界文化遗产重要历史建筑名册。

千重子回来以后，把鱼饵撒到水里，鲤鱼成群聚拢过来，有的还跃出水面。于是，涟漪荡漾，一圈圈扩展开来，乱了松樱树影。

“给你吧！”千重子把手里剩下的鱼饵给真一。

真一默不作声。

“头还痛啊？”

“没有。”

两人默默地坐着，真一神情怡然地久久凝视着水面。

千重子问道：“想什么呢？”

“嗯，怎么说呢？有一种幸福，叫什么也不想。”

“在这个樱花盛开的日子里……”

“不，在幸福的小姐身边……也许我也感受到了这种幸福，火热的青春……”

“我幸福吗？”千重子又问一遍，眼里忽然蒙上一层忧愁的暗影，低下头，觉得自己的眼中只有池水的荡漾。

她站起来，说道：“桥那头有一棵我喜欢的樱花树。”

“从这儿也能看得见。那棵吧……”

那株红色垂樱树最为亮丽，远近闻名。枝如垂柳，四面伸展，走到底下，千重子感觉似有若无的微风吹拂，花瓣轻轻落在她的脚下肩上。

树下也有点点落花，也有的飘落水面，可是，终究不过七八瓣而已……

垂樱的枝丫都用竹子支撑起来了，但也有一些纤细的枝梢依然低垂，接近地面。

透过红色八重樱的累累花团的间隙，可以望见池子对岸东边树丛上方那嫩叶翠绿的山头。

真一问道："那是东山的余脉吧？"

"那是大文字山[①]。"

"哦，是大文字山吗？怎么感觉这么高？"

"可能是在花中看的缘故吧。"说罢，千重子也站在花丛之中。

两人恋恋不舍地离开。

那株樱花树四周的地面上，铺着白色的粗沙。沙地右面高耸着一片松林，也是庭园的一道美丽景色，往前就是神苑的出口。

出了应天门，千重子说道："我想去看清水寺[②]。"

"清水寺？"真一流露出那寺院实在一般不值一看的神色。

"我想从清水寺观看京都的暮色景致，想看西山的落日天空。"

千重子再次表态，真一也点头同意。

"嗯，那就去吧。"

①大文字山，位于京都市左京区，西连如意岳，海拔466米。以每年夏天点燃"大"字形篝火而著称。

②清水寺，位于京都市东山区，778年建造。现为北法相宗的大本山。清水寺是京都最古老的寺院，与金阁寺、岚山天龙寺为京都最著名的名胜古迹。清水寺大殿前有一座悬空的"舞台"，由139根高数十米的大圆木支撑，极为有名。列入世界文化遗产名录。

“走着去。”

路程不近，他们避开电车线路，绕道南禅寺，从知恩院后面穿过圆山公园，再顺着老旧的小道走到清水寺。正是春天暮霭笼罩天空的时候。

参观清水寺舞台，只剩下三四个女学生，寥寥无几，她们的容颜也已经模糊不清了。

然而，这正是千重子最感兴趣的时间。幽深昏暗的正殿已经点灯，千重子没有在正殿的舞台上停下脚步，而是径直穿过去，经过阿弥陀堂前面，进入后院。

后院也有一座建造在悬崖上的“舞台”，扁柏树皮葺顶，轻巧而狭小。但是，舞台朝西，面对西山。

城里已是华灯初上，但天边依然残留着一抹淡光。

千重子倚在舞台的栏杆上，远眺西边，仿佛忘记了真一的存在。真一走近前去。

千重子冷不丁冒出一句：“真一，我是个弃儿。”

“弃儿？”

“嗯，是弃儿。”

真一迷惑不解，不明白她说“弃儿”的真实用意。

“弃儿？”真一低声自语，“千重子，怎么连你也觉得自己是弃儿呢？如果你是弃儿的话，那么像我这样的人，就更是弃儿了，精神上的弃儿……也许所有的人都是弃儿。人的出生，不就是上帝把你遗弃到人世间的吗？”

真一目不转睛地凝视着千重子的侧脸，暮色似有若无地晕染她的脸颊，这大概就是春暮淡淡的愁绪吧。

“所以，人是上帝之子，先被遗弃，再被拯救……”

千重子仿佛没有听见，依然凝神眺望灯光璀璨的京城，也不回头看真一一眼。

真一觉得千重子的心头潜藏着一种难以言状的悲哀，想把手搭在她的肩膀上。

千重子却躲闪避开：“我是弃儿，别碰我。”

真一稍稍提高嗓门儿说道：“人是上帝之子，人就是弃儿……”

“别给我说这些玄乎的话，我不是上帝的弃儿，我是被人遗弃的，被父母……”

“……”

“我是被扔在店铺格子门外的弃婴。”

“你胡说些什么？”

“是真的。这件事我无论如何都想告诉你……”

“……”

“我从清水寺眺望京城的暮色，会不由自主地怀疑自己是否真的在京都出生。”

“你都说些什么啊，是不是脑子有毛病啊……”

“这种事，我为什么要撒谎呢？”

“你不是批发商的独生女吗？掌上明珠。可独生女就喜欢胡思乱想。”

“没错，他们是疼爱我。当然，现在是不是弃儿已经无所谓了……”

“你有什么证据？”

“证据？店铺的涂成红色的格子门就是证据。古旧的格子门最了解了。”千重子的声音更加清脆，“记得我刚上中学的时候，有一次，妈妈告诉我说：‘千重子，你不是我的亲生女儿。你是我们捡来的，非常可爱的婴儿，就抱到车里，急急忙忙跑回家里来。’但是，捡婴儿的地点，爸爸和妈妈一不留神，结果两人的说法不一致。一个说是在赏夜樱的祇园，一个说是在鸭川的河滩上……要是说在店铺格子门前面捡到的弃婴，就觉得我太可怜了，所以才编出这一套假话……”

“哦，那你知道自己的亲生父母吗？”

“既然养父母这么疼爱我，我也就不想找亲生父母了。也许他们早已成为仇野的无缘佛[①]了，那石碑也已经残破不堪……”

春日西山的温柔暮色，弥漫开来，将京都的几乎半边天染成淡红的残霞。

①仇野，京都嵯峨小仓山山麓的火葬场，埋葬很多无主死者。无缘佛，指前世与自己没有结缘的佛。这里指亲生父母也许早已死去，与自己没有了任何缘分。

真一本来就不信千重子是个弃儿，对捡来的这个说法更是难以置信。千重子的家在古老的批发商店街，左邻右舍一打听，就会知道真相的，不过，真一现在根本就不想去调查。让真一大惑不解的是，千重子为什么要在这个地方把这件事告诉自己，这是他想知道的。

千重子坚持带真一到清水寺来，难道就是为了告诉自己这件事吗？她的声音依然清脆纯真，说明她的内心深处贯穿着一股美好的坚毅信念，似乎并非特地向真一诉说自己的心绪。

千重子隐隐约约地觉察到真一对自己的爱情，她也许就是想让爱自己的人了解自己的身世，所以才这样对他告白。但是，真一听不出来她的真意，反而觉得她的言外之意是对自己爱情的拒绝。也许“弃儿”就是她编造的谎言……

真一心想，自己在平安神宫多次说千重子“幸福”，如果千重子用身世的告白表示对他所谓“幸福”的抗议，那么他可以接受。于是，他问道：

“当你知道自己是弃儿时，是感到寂寞，还是悲伤？”

“没有。既不寂寞，也不悲伤。”

“……”

“我向父亲提出想上大学的要求，他说我的女儿要继承父业，上大学反而误事，倒不如多学习怎么做生意。当我知道父亲的这个态度的时候，才感觉有点儿……”

“是前年的事吧？”

“是的。”

“你对父母亲是绝对服从吗？”

“是。绝对服从。”

“婚姻大事也这样吗？”

千重子毫不犹豫地回答：“嗯，现在是这么打算。”

真一问道：“难道你没有自我、没有自己的感情吗？”

“有。太有了，所以不好办……”

“你是要压制、扼杀它们吗？”

“不，不会扼杀。”

“你的话让我猜不透。”真一微微一笑，声音轻颤，从栏杆上探出身子，想瞧一眼千重子的脸，说道，“我要看一看这个谜一般弃儿的脸。”

“天黑了。”千重子第一次回头看着真一。她的眼睛清澈闪亮。

“有点儿吓人……”千重子的目光转向正殿的屋顶。扁柏树皮的屋顶以厚实阴暗的重量感压将过来，令人感到恐惧。

尼姑庵与格子门

千重子的父亲佐田太吉郎从三四天前就躲到嵯峨山深处的尼姑庵里。

这尼姑庵的庵主已年过六十五。这座小小的尼姑庵，因为位于古都，也有它的历史渊源。但是，庵门隐于竹林深处，外面看不见，几乎无人前来拜访参观，十分冷清。只有离屋[①]偶尔用来举办茶会，茶室也无名气。倒是庵主经常外出传授花道。

佐田太吉郎租住了一间庵里的房子，现在大概对尼姑庵的生活习惯了吧。

佐田开一家京吴服（京都和服衣料）批发店，位于中京[②]。由于周围的店铺都变成株式会社，所以佐田的店铺也采取株式会社的形式。太吉郎当然是社长，但买卖业务都交由掌柜（也

①离屋，在自家的院子里，离正房不远的地方修建一间单独的房子，有时作为作业房、厂房使用。

②中京，京都的一个区，位于市中心。

就是如今的专务董事或常务董事）一手负责。不过，多少还保留一些昔日老店的规矩作风。

太吉郎年轻的时候，就有一股轻世傲物之气，而且性格孤僻不合群。更谈不上将自己染织作品举办个展之类的雄心壮志。即使举办，他的作品在当时也过于前卫新颖，无人问津，难以销售。

太吉郎的上一代——他的父亲太吉兵卫经常不声不响地观察太吉郎。公司里的图案设计家、公司外的画家，不乏描绘趋附时尚潮流的花式图案的人。但是，太吉郎知道自己缺少天赋，对自己的前进方向苦恼纠结的时候，他试图借助麻药的作用，为友禅[①]图样设计出怪诞不经的草图。但父亲知道这个情况后，立刻将他送进医院。

到了太吉郎这一代，他的设计草图并没有与众不同之处，缺少特色，于是他感到悲哀。之所以躲到嵯峨的尼姑庵，闭门独处，其目的就是获得神来之笔，描绘出异乎寻常的杰作。

战后，和服的花色图案也发生显著的变化。过去利用麻药的刺激画出来的怪诞不经的图样，如今看来，是一种具有新鲜感的抽象画。不过，这个时候的太吉郎，已经五十过半了。

太吉郎有时自言自语："要不索性采用古典传统风格吧？"

---

①友禅，即友禅染，友禅印花。一种布料上的染色技法。为日本最具代表性的染色技法。通过手绘染色的方法，逐渐发展成多样的染色风格。

可是，以前的各种优秀作品，走马灯般一遍又一遍浮现在眼前。古代织物的残片、古代服装的花纹、图样、色彩都装在他的脑子里。当然，他还经常去京都的名山大川、著名庭园漫步，为和服图案设计进行写生。

中午时分，女儿千重子来了。

“爸爸，你吃森嘉的汤豆腐[①]吗？我买来了。”

“嗯，谢谢了。……吃森嘉豆腐，我很高兴，但千重子你来，更让我高兴。你傍晚回去吧，给爸爸缓解一下脑子的疲惫，让我构思出一幅满意的图案来……”

织物批发商其实没必要画草图，这样反而影响做生意。

然而，太吉郎在店里的时候，有时在摆放着基督像灯笼的庭院中的客厅深处的窗边放一张桌子，坐在桌前，一待就是半天。桌子后面有两个古色古香的桐木五斗柜，里面放着中国和日本的古代丝绸的布料。五斗柜旁边的书箱，尽是各地的织物图鉴。

房屋后面，从正房独立出去的库房二楼，原封不动地保存着相当多的能乐戏装、裲裆[②]等服装，还有不少南方各地的印花布。

这些都是太吉郎的祖辈收集积累下来的东西。举办古代织

①森嘉豆腐，创业于安政年间（19世纪中期），是有150多年历史的老店。汤豆腐、冷豆腐最为有名。川端康成、司马辽太郎在作品中介绍这家商店，使其名声大振。

②裲裆，亦称“打褂”，和服的一种。平安时代，武士家庭女性的礼服。套在和服外面的长袖衫。江户时代后期，成为城市富裕女性的正式服装。也作为结婚新娘的服装。另外，在吉原等妓院，也是高级妓女的正装。

物展的时候，有人请他参展，他二话不说，一口拒绝：“这是我家先祖立下的规矩，藏品概不出门。”态度生硬。

他们住的是京都的老房子，上厕所必须穿过太吉郎桌旁的狭窄走廊。每当有人上厕所，他只好皱着眉头忍耐，但是，只要从前店传来一点儿喧闹声，他就立刻大动肝火，厉声喝道：“给我安静一点儿！”

掌柜连忙双手按在榻榻米上，解释道：“是大阪来的客人。”

“不买就算了，批发商多得很。”

“他是老主顾了……”

“买和服衣料是用眼睛挑选，不是用嘴买。他没有眼睛吗？要是商人，看一眼就知道货色，尽管我们这儿便宜货比较多……”

“是的。”

太吉郎桌子底下的榻榻米上，铺摊着一块有点儿来历的外国毛毯，一直铺到坐垫底下，他的四周用南方名贵的印花布做的帷幔圈围起来。这是千重子想出来的主意，主要是帷幔多少可以减缓店面传来的嘈杂声音。千重子经常更换帷幔。每次更换，父亲都对她的体贴心怀感激，同时告诉她这印花布来自爪哇，来自波斯，什么时代，什么图案这些来历。千重子有时对这样详细的解说也听不明白。

有一次，千重子打量一番帷幔，说道：“拿来做袋子嘛，太可惜了；要是剪开做成茶道用的袱纱巾，又太大；要是做成腰带，可以做好几条。”

太吉郎说道：“拿剪子来……”

父亲接过剪子，娴熟灵巧地剪开帷幔。

“千重子，拿去给你做腰带。”

千重子心头一怔，两眼湿润。

“爸爸，这怎么行？”

“好了，好了，你系上这条印花腰带，说不定会给我带来更好的图案设计思路呢。”

千重子去嵯峨的尼姑庵，系的就是这条腰带。

不用说，太吉郎第一眼就看到女儿系着的印花布腰带，但是他不动声色。印花布图案，一般是花大，艳丽，颜色有浓有淡，太吉郎心想，这样的娇艳色泽给正是花季少女的女儿做腰带是否合适。

千重子把半月形食盒放在父亲一旁。

“爸爸，你现在用餐吗？稍等一会儿，我去准备汤豆腐。”

“……”

千重子站起来的时候，顺便瞧了一眼门外的竹林。

“竹子已入秋。”父亲说道，“四周的土墙有的地方坍塌，有的地方倾斜，墙体基本都剥落了，就跟我一个样。”

千重子对父亲这样的话已经习以为常，所以也不说什么宽慰的话，只是重复道：“竹子已入秋……”

父亲轻声问道："一路上樱花如何？"

"樱花飘落，池面上也漂浮着花瓣。山间的嫩绿树林中，还残留着两三棵没有凋谢，从远处看过去，反而觉得别有风味。"

"嗯。"

千重子走进厨房。太吉郎听见切葱、削鲣鱼干的声音。接着，她端着盛放在樽源[①]食器里的汤豆腐进来。——这些餐具都是从家里搬过来的。

千重子精心体贴地照料父亲进餐。

父亲说道："你也一起吃点儿吧。"

"嗯，好的……"

父亲从女儿的肩膀到胸口打量一番，说道："穿得太素了。恐怕也只有你一个人穿的都是我的图样。这都是卖不出去的……"

"因为我喜欢才穿，我愿意啊。"

"嗯，就是太素。"

"素倒是有点儿素……"

父亲突然口气严肃地说道："年轻姑娘穿得素一点儿，倒也不坏。"

"经常有人夸我穿得好看呢……"

父亲默然。

---

①樽源，京都制作木桶的老店，创建于江户末期。其中使用日本花柏、扁柏、丝花柏等木料制作的木桶是盛放汤豆腐最好的食器。

太吉郎如今描绘图样，只是作为一种消遣或者爱好。现在他的批发店，毕竟面向大众，他设计的图案，掌柜看在老板的面子上，也就拿出去印染两三件。千重子总是主动从中挑选一件，做成和服穿在身上。只是布料相当考究。

“你不要总穿我设计的图样。”太吉郎说道，“你也不要总穿自家店里布料的服装……我不要这种人情。”

“人情？”千重子感到惊愕，“我并没有顾及人情啊。”

“我想，你要是穿得漂亮一点儿，那就会有如意郎君了。”父亲高声笑起来，脸颊却没有笑容。

千重子伺候父亲吃汤豆腐的时候，自然而然地会看见父亲的大桌子。这桌面上，描绘京都染色品图案的东西一件也没有。

只是在桌子的角落里，摆放着江户泥金画的砚盒和两帖高野抄本残片[①]复制品（其实应该说是临摹本）这两样东西。

千重子心想，父亲到尼姑庵来，难道是为了忘记店里的生意？

“六十学习字……”[②]父亲显得有点儿不好意思，说道，“不过，藤原体的假名[③]，线条流畅，对构图不无帮助。”

“……”

①高野抄本残片，日本古代墨迹残片之一。现存有《古今集》最早的抄本，书写于11世纪。因保存在高野山，称《高野切》。

②日本俗语，60岁花甲之年，才开始做学问。比喻晚学。典出《浮世草子》。

③藤原体的假名，指平安时代藤原行成创立的和样书道的一个流派，后衍变为世尊寺流，在16世纪是宫廷、贵族最为推崇的书法。

“越来越没出息了，最近手开始发抖。”

“字写大一点儿，怎么样？”

“已经写得够大的了。”

“砚盒上的那串旧佛珠，哪里来的？”

“哦，那个啊？我硬是从庵主那里要来的。”

“那你手戴佛珠拜佛。”

“用现在的话说，就是个吉祥物吧。有时候还想含在嘴里，咬碎珠子。”

“哎呀，那多脏啊。多少年的手垢都留在上面。”

“怎么会脏呢？那不是两三代尼姑虔诚信仰的手垢吗？”

千重子感觉自己触动到父亲的伤痛之处，便低下头，默不作声，然后把汤豆腐的餐具端到厨房里。

千重子从厨房出来，问道：“庵主呢？”

“快回来了吧。你这就要走吗？”

“我去嵯峨走走再回去。岚山这会儿游客正多。野野宫[①]、二尊院沿途，还有仇野，都是我喜欢去的地方。”

“你年纪轻轻的，就喜欢这些地方，我都为你以后担心，别像我这样。”

---

①野野宫神社，位于京都市右京区嵯峨野。平安时代，相传每当天皇换代，将从未婚的皇室女性（内亲王或女王）中挑选代替天皇的“斋宫”到伊势神宫，担任祭祀。去伊势神宫之前，斋宫需要斋戒沐浴3年，这个地方称为“野宫”神社。野野宫神社应是野宫神社的分支。

“女人怎么能像男人呢？”

父亲站在外廊上目送千重子离去。

过了一会儿，老尼姑回来了。她立即开始打扫庭院。

太吉郎坐在桌前，脑海里浮现出宗达[①]和光琳[②]描绘的蕨菜、春天的花草，心里却想着刚刚离去的女儿。

千重子一走进村落，身后那父亲隐居的尼姑庵就完全隐没在竹林里。

千重子打算去仇野的念佛寺，登上古老的石阶，走到左边悬崖上放置的两尊石佛前，听见上头人声鼎沸，便停下脚步。

这里密集地立着几百座石塔，老旧颓圮，称为“无缘佛”。近来，有时候，什么摄影会的人让女子身穿单薄透明的衣服站在小石塔群中，进行拍照。今天大概也是搞这个名堂吧。

千重子从石佛前转身走下石阶，脑子里想起刚才父亲的话。

即使是为了避开岚山的游客，而跑到仇野、野野宫，对一个年轻姑娘来说，也是不合适的。这比只穿父亲设计的素净图案的衣服更不合适……

---

①宗达，即俵屋宗达（生卒年不详），安土桃山时代（1573—1603）到江户时代初期（17 世纪前后）活跃于京都的町绘师（装饰画艺术家）。他深受宫廷文化影响，作品风格多变，具有较强的艺术性。他是“宗达光琳派”的创始者。

②光琳，即尾形光琳（1658—1716），江户时代中期的代表性装饰画艺术家、画家之一。画风以大和绘风为基调，晚年也创作水墨画。是后世称为“琳派”的画派之祖。

“父亲在尼姑庵里好像无所事事。”一缕淡淡的寂寥袭上千重子的心头，“他咬着浸透手垢的脏兮兮的佛珠，究竟在想些什么呢？”

千重子明白，父亲有一种想咬碎佛珠的强烈情绪，他在店里一直强压着这种激烈的心情。

“与其如此，还不如咬自己的手指头呢……”

千重子自言自语，摇了摇头，转而想起自己和母亲一起到念佛寺敲钟的往事。

钟楼是新建的，母亲个子小，敲钟也敲不响。千重子说道：“妈妈，要深呼吸……”说罢，她把自己的手掌和母亲的手掌合在一起，两人同时用力敲钟，结果发出响亮的钟声。

母亲高兴地说道：“真的啊。这能传多远啊？”

千重子笑着说道：“你听，这与和尚敲钟的习惯不一样吧。”

千重子回想着往事，走在通往野野宫的小路上。这条小路边上，竖立着一块路牌，上面写着“通往竹林深处”几个字。刚才一路上比较幽暗，现在变得亮堂起来了。也能听到门前小卖店的说话声。

然而，这小小的神社，旧貌依然。《源氏物语》中也提及这个神社。当年，去伊势神宫担任祭祀的斋宫（内亲王）都要先在这里斋戒清净三年，称为“洁斋”。据说这里就是当初洁斋的地方。带树皮的圆木鸟居、细木篱笆很有名气。

从野野宫前面走上原野的道路，便是视野辽阔的岚山。

千重子在渡月桥前面的岸边松林处坐上公共汽车。

“回去以后，该怎么说呢……也许母亲早就觉察出来了……”

明治维新前，由于“铁炮烧”“砰砰烧”①，京都市中心发生大火，多数房屋被毁。太吉郎的店铺也未能幸免。

因此，这一带的店铺，那些红格子门、二楼的粗格子窗，虽然还保留一些古色古香的京都风情，实际上都不到百年的历史。据说，太吉郎店铺后面的库房在大火中幸存下来。

太吉郎的店铺格调之所以没有追求时尚，几乎保留原样，一方面固然由于主人的品位，另一方面批发生意发展势头不旺也是重要的原因。

千重子回到家里，打开格子门，一眼望到里面。

母亲繁坐在平时父亲使用的桌子前面抽烟。她左手托腮，弯背，似在看书写字，可是桌面上空无一物。

“妈，我回来了。”千重子走到母亲身旁。

“哦，回来啦。辛苦了。”母亲像是猛然惊醒过来一样，“你爸在那儿做什么呢？”

“是啊……”千重子没想好怎么回答，便说道，“我给他买

①“铁炮烧”“砰砰烧”，指1864年京都长州藩兵与幕府的藩兵发生战争，史称“蛤御门之变”（禁门之变）所引发的大火。“铁炮”指步枪，“砰砰”指枪声。

豆腐了。”

“是森嘉的吗？你爸最喜欢了，做汤豆腐……”

千重子点了点头。

母亲问道：“岚山怎么样？”

“人太多了……”

“你没让你爸送你去岚山吗？”

“没有。因为庵主不在，出门去了……”千重子又说道，“好像爸爸在学书法。”

“学书法……”似乎母亲不感到意外，“练字可以平心静气，这很好的。我也在练。”

千重子仔细观察母亲白皙雅致的脸蛋，看不出她的心理活动。

“千重子。”母亲语气平静地说道，“千重子，我说你，你要是不愿意继承这份家业也可以……”

“……”

“要是想嫁人，什么时候都行。”

“……”

“你听明白了吗？”

“为什么你要这么说？”

“一句话说不清楚，妈都是五十的人了，说这话是经过深思熟虑的。”

“这么说，店铺要关张了吗？”千重子美目噙泪。

母亲微笑着说道：“你也想得太远了。”

“千重子，你说不做生意，是真心话吗？”

母亲声音不高，显然已经暗下决心。——千重子刚才还看见她微笑，难道是自己看错了吗？

“是真心话。”千重子回答道，一阵痛楚穿心而过。

“我又没生气，你干吗脸色这么难看？一个年轻人，敢这么说；一个老年人，被你这么说，你想想，哪一个更可悲？这应该明白了吧。”

“妈，请您原谅我。”

“这也不是什么原谅不原谅的……”

母亲这回发出真心的微笑：“妈刚才说的话与你的话可能是两码事……”

“我自己稀里糊涂的，都不知道说了些什么。”

“做人——女人也一样，说话要始终如一，不要变来变去。”

“妈……”

“你在嵯峨对你爸也说过同样的话吗？”

“没有。什么也没说……”

“是吗？其实你可以对你爸说说看……他一个男人，肯定会火冒三丈，不过，他心里，会暗自高兴的。”母亲按着额头，又说道，“我坐在你爸的桌子前，就是想你爸的事。”

“妈，你都想到什么事了？”

“什么事？”

母女俩默然相对，千重子终究还是忍受不了沉默的气氛，说道：“我去锦市场[①]买点儿菜，回来做晚饭。”

“好，那你去吧。”

千重子站起来向店面走去，下到土间[②]。原先这土间细长，一直通到里间，店铺对面的墙边，排列着几个黑乎乎的灶台，这里就是厨房。

如今灶台当然不用了，在灶台里面装上了煤气灶，土间铺上了地板。原先土间是灰泥地，透风，京都的冬天天寒地冻，非常难熬。

但是，灶台并没有拆除（大多人家也都保留着），大概因为大众普遍信仰灶王爷火神吧。灶台后面，供着镇火的神符，还摆放布袋神。布袋神有七尊，这是每年初午日[③]参拜伏见的稻荷神社时一尊尊请回来的。如果这期间家里死了人，就得从第一尊重新开始摆设。

千重子店铺里的灶神，七尊已经齐全。因为只有父母亲和

①锦市场，位于京都市中京区的一条商店街。销售各种生鲜食材和加工食品。有“京都的厨房”之称。

②土间，室内没有铺地板的地面，或铺着三合土的地面。

③初午日，每年二月的第一个午日，日本各地的稻荷神社举行祭祀稻荷神的活动。此习俗起源于平安时代，相传稻荷大神这一天在稻荷山（伊奈利山）三峰显灵。伏见稻荷大社也由此创立。

女儿，一家三口，在十年里都健在。

灶神的旁边，摆着一个白瓷花瓶，母亲两三天就换一次水，把灶神搁板擦得干干净净。

千重子拎着菜篮子出门，也就前后脚之间，一个年轻的男人进入自家的格子门。

大概是银行的人吧。

对方似乎没有注意到千重子。

这个年轻的银行职员常来家里，千重子没什么可担心的。但是她觉得步履沉重，来到店面的格子门前，手指轻轻触摸着一根根格子往前走，走到格子尽头，她回头看了看店铺，又往上望一眼。

二楼粗格子窗前面，挂着一块古旧的招牌。招牌上方是一个小盖顶，像是老店的标志，也像是一种装饰。

春日温煦的斜阳微弱地照射在招牌上发旧的烫金文字上，令人感觉凄凉。店面厚厚的棉布门帘已经褪色发白，露出里面粗糙的线头。

“唉，以我现在的心情，去观赏平安神宫的红色垂樱，也只会是凄凉的感觉。”她加快了步子。

锦市场照例是人头攒动，熙熙攘攘。

千重子从市场出来，返回自家店铺附近时，遇见白川女，便向她打招呼："顺便上我家坐坐吧。"

"嗯，好啊。小姐，您回来了？真巧遇上您……"姑娘说道，"上哪儿去了？"

"锦市场。"

"嗯，辛苦了。"

"是供神的花……"

"是啊，每次都承蒙关照……有您喜欢的吗？"

说是花，其实是杨桐（神木的一种）；说是杨桐，其实只是嫩叶。

每逢初一、十五，白川女都会送花过来。

白川女说道："今天小姐在，太好了。"

千重子挑选细枝嫩叶，心情愉快，一只手握着杨桐枝，进入家门，声音明朗地喊道："妈，我回来了。"

千重子又把格子门拉开一半，往外一看，卖花姑娘白川女还站在那里，便招呼道："进来歇会儿吧，喝杯茶。"

"啊，谢谢您了。您总这么亲切……"姑娘点点头，然后手捧一束野花，走过土间，"就是野花，很一般的……"

"谢谢。难得你还记得我喜欢野花啊……"千重子观赏从山上摘来的野花。

一进门，灶台前面有一口老井。罩着竹编的井盖。千重子把花和杨桐放在井盖上。

“我去拿剪子。对了，得先把杨桐的叶子洗干净……”

“我这儿有。”白川女拿出剪子咔嚓响几声，“您家的灶台总是这么干净，连我们卖花的都羡慕得很。”

“妈妈好干净……”

“我还以为是小姐您呢……”

“……”

“近来很多人家里，灶台也好，花瓶也好，水井也好，都落满灰尘，脏兮兮的，连我们卖花人看了都觉得堵心。所以，到您家里来，真的心情愉快，很高兴。”

“……”

其实，最近生意日渐萧条，这些情况也不能告诉白川女。

母亲依然坐在父亲的桌前。

千重子把母亲叫到厨房，让她看自己从市场买来的东西。母亲看着女儿从篮子里把东西拿出来摆放，心想这孩子现在知道节俭了。也可能是父亲去嵯峨尼姑庵不在家的缘故吧。

“我来帮忙。”母亲说道，“刚才来的，就是总来的那个卖花姑娘？”

“是的。”

母亲问道：“你送给你父亲的那本画册，是不是他带到嵯峨的尼姑庵去了？”

“这个，我没看见……”

“他只把你送给他的书带去了。”

那是千重子给父亲买的一本画册，其中收入保罗·克利[①]、亨利·马蒂斯[②]、马克·夏加尔[③]以及其他更现代的抽象派作品，她想让父亲从中获得某种新的灵感。

母亲说道：“其实你父亲没必要画什么装饰图案的，我们是批发店，别人把已经染织好的布料拿来，我们出售就行了。可是，你爸啊……”

母亲继续说道：“不过，千重子你总穿你父亲设计图案的服装，我这个当母亲的，也得向你道一声谢。”

“道什么谢啊……只是因为我喜欢才穿的。”

“你爸看你穿着一身和服、腰带，不觉得伤感吗？”

“妈，虽然有点儿素，可是细看一下，其实很有韵味，还有人夸奖呢。”

千重子想起来，父亲今天也说过同样的话。

“漂亮的姑娘，更适合打扮得素净一点儿，可是……”母亲

①保罗·克利（1879—1940），生于瑞士，年轻时受到象征主义与年轻派，后又受印象派、立体主义、野兽派和未来派的影响，分解平面几何、色块面分割为其主要风格。

②亨利·马蒂斯（1869—1954），法国画家、雕塑家、版画家，野兽派创始人、主要代表人物。以使用鲜明、大胆的色彩著称。

③马克·夏加尔（1887—1985），生于立陶宛。融合印象派、立体派、抽象表现主义的特色，呈现梦幻、象征性的手法，独创色彩绚丽的幻想浪漫画风。“超现实派”一词就是为形容他的作品而创造出来的。

一边掀开锅盖，一边用筷子翻动锅里的菜肴，“要说你父亲啊，怎么现在就画不出那种艳丽、时尚的图案呢？”

“……”

“你爸原先画过很多浓艳、标新立异的作品……”

千重子点了点头，问道：“可是，妈，你怎么不穿爸爸设计图案的和服？”

“妈妈老了……”

“你总说自己老了，老了，你才多大啊？”

“老了……”母亲只是重复这句话。

“那位小宫[①]先生，听说是什么无形文化财（人间国宝），他设计的江户小碎花纹，才适合年轻人穿，耀眼夺目，走在街上，回头率可高了。”

“不要把你爸和小宫先生这样的大师相提并论。”

“可是爸爸从精神底蕴上说……”

“又讲这种深奥听不懂的话……”母亲转过那张典型的京都美女白皙的脸，说道，“不过，千重子，你爸说过，他要为你的婚礼设计鲜艳华丽的和服……妈妈也一直盼望这一天啊。”

“我的婚礼？”

千重子神色黯然，沉默良久。

①指小宫康助（1882—1961），传统和服图案设计师，以创立“江户小纹”品牌著称。1955年被认定为“重要无形文化财”保持者（人间国宝）。小宫家三代都是人间国宝。

“妈，你这一生中，有没有什么事让你觉得心灵震撼？”

“有啊。记得以前和你说过，一次是和你爸结婚的时候，还有一次是和你爸一起把还是可爱婴儿的你捡来后逃回家的时候。都过去二十年了，现在想起来，心里还怦怦直跳。千重子，你按一下妈妈的心口就知道了。”

“妈，我是个弃婴吧？”

“不是，不是。”母亲使劲摇头。

“人的一生，总要干一两件可怕的坏事。”母亲继续说道，“捡婴儿，这比偷钱偷东西更加罪孽深重吧。也许比杀人还要坏！”

“……”

“你的亲生父母一定急得发疯，伤心欲绝吧。一想到这里，我就想把你送还给他们。可是现在送不回去了。如果你说要寻找亲生父母，想回到他们身边去，那我就没办法了。……不过，那样的话，也许我这个妈会死去的。”

“妈，您别这么说……千重子的母亲，只有您一个。我长到这么大，一直就是这么想的。”

“这我明白。可是，越这样，我们就越觉得罪大恶极……我和你爸，早就做好了下地狱的思想准备。下地狱算什么，这世上有你这么个可爱的女儿也值得了。”

母亲语气痛切，千重子看着她，只见母亲泪流两颊。千重子也含泪说道：“妈，您给我说真话，我是弃婴吧？”

“我说了，不是，不是……”母亲又摇头，“千重子，你为什么总认为自己是弃婴呢？”

“因为我不相信爸妈会去偷别人的婴儿。”

“我刚才说了，人的一生总要做一两件震撼心灵的可怕的坏事。”

“这么说，您是在哪儿捡到我的？”

“赏夜樱的祇园。”母亲一口气流畅地说道，“这事我以前好像也说过，樱花树下的椅子上，躺着一个可爱的婴儿，看着我们，笑了起来，那笑容像花一样美，让人不由得想把她抱在怀里。一抱起来，我顿时心情激动，爱不释手。我的脸颊贴着她的小脸蛋，看着你爸。他说，繁，把这孩子抱走吧。好吗？繁，快抱走，快逃！于是我们一路拼命逃跑，记得是在卖芋棒[1]的平野屋前面跳进车里逃走的……”

“……”

“可能你的母亲有事走开，我们就趁这工夫偷走的。”

母亲的话听起来也说得通。

“这就是命。……从此以后，你就成了我们的孩子，一晃都二十年了。对于你来说，不知道是好事还是坏事。对于我来说，即便是好事，我也总是对不起自己的良心，我的过错，希望得到你的宽恕。你爸大概也是这样想的。”

①芋棒，虾芋（芋艿的一种）与晒干的鳕鱼混煮的食品。京都名吃。

“是好事，妈，是好事，我一直这么认为的。”千重子双手捂在眼睛上。

不管是捡来的还是偷来的，户籍上明确记载，千重子是佐田家的嫡亲女儿。

当父母亲第一次坦白告诉千重子她不是亲生女儿时，千重子毫无感觉。那时她刚上中学，甚至怀疑是不是因为自己做了什么事让父母亲不满意才编造出来的谎言。

也可能是因为父母亲担心左邻右舍把这件事告诉千重子，所以事先给她打个招呼吧？可能因为相信千重子对父母亲的爱，同时也已经到了懂事的年龄吧。

千重子当时的确大为震惊，但并没有多么伤心。即使后来到了青春期，也没有为此事苦闷烦恼，对太吉郎和繁的爱和亲近没有丝毫变化，并没有为了不把这件事放在心里而做出特别的努力。这也许就是千重子的天性吧。

不过，千重子当然也会想，既然他们不是自己的亲生父母，那么，亲生父母应该还居住在什么地方，也可能自己还会有兄弟姐妹。

虽然不是想见他们……他们的生活一定不如我，过得很辛苦吧。

对千重子来说，这些情况都无从得知，而古老的格子门店铺背后深处父母亲的忧愁哀伤却让她心酸。

千重子在厨房双手捂住眼睛，就是因为这个。

"千重子。"母亲把手放在女儿的肩膀上摇晃一下，"过去的事就过去了，以后不要再问了。人世间，说不好何时何地，都有可能掉下一粒珍珠。"

"珍珠，璀璨贵重的珍珠，要是能给妈妈做戒指，那该多好……"说罢，千重子手脚利索地开始干活。

晚饭的餐具收拾完毕，母女俩上到后楼的二楼。

二楼临街是粗格子窗，天花板很低，房间简陋，平时是店伙计等人睡觉的地方。从里院旁边的走廊可以通到后楼的二楼，从店面也可以上来。大主顾到店里，都是在二楼接待，有时还留宿。现在，一般的客人都是在面对里院的客厅洽谈生意。店面直通里间，说是客厅，其实店面货架上放不下的布料，也都堆放在客厅的两侧。客厅长深而且宽敞，便于将布料摊开观看。一年到头都铺着藤席。

后楼的二楼天花板较高，两间六叠[①]大的房间，这是父母亲和千重子的起居室和卧室。千重子坐在镜子前面，解开头发。她的一头长发平时都梳得整齐光洁。

"妈！"千重子冲着隔扇里的母亲喊了一声。那声音饱含着种种思虑。

①叠，日本房屋面积单位，一叠为一张榻榻米大小，约 1.62 平方米。

和服之都

京都是一座大城市，草木葳蕤，绿意葱茏是其特色。

修学院离宫、御所的松林、古寺宽广庭园里的树木，自不待言，市内的木屋町、高濑川畔、五条、堀川的成行垂柳，都是吸引游客的好去处。那是真正的垂柳，绿枝低垂，几欲接地，轻盈柔软。还有北山的赤松，也描画出一个柔和的圆形。

尤其是今年春天，可以眺望东山的嫩绿。如若晴天，还可以一睹睿山新叶的油绿。

绿树成荫，是整座城市打扫得整洁干净的缘故吧。祇园等处，走进僻静的小道，两边昏暗老旧的小房鳞次栉比，路上却很干净。

专制和服的西阵一带，也是如此。看上去寒酸简陋的小店错综复杂、分布密集，路面却并不脏。门窗的小格子，也没有灰尘。植物园等地也是这样，路上不见乱扔的纸屑。

美军原先在植物园里盖了军营，当然禁止日本人入内。美军撤走以后，就恢复了原样。

西阵的大友宗助，十分喜欢植物园里的一条林荫道，两旁都是樟树。樟树不是大树，路也不长，他常去散步，在樟树发芽的时候也去。

“那些樟树，现在怎么样了？”他有时在织机声中想象，大概还不至于被占领军全部砍伐了吧。

宗助一直等待着植物园重新开放的一天。

宗助散步，有一个习惯，从植物园出来，就沿着鸭川的堤岸稍稍往上走。有时也去眺望北山。他一般都是独自散步。

去植物园也好，去鸭川也好，最多也就一个小时左右。但是，这样的散步令人怀念。今天他又想起散步的事，只听见妻子喊他：“佐田先生来电话了。好像是从嵯峨打过来的。”

“佐田先生？从嵯峨……”宗助立即站起来，向账房走去。

织布匠宗助比批发商佐田太吉郎小四五岁，两人除了生意上的交往，私下里是情投意合的好朋友。怎么说呢，年轻时就是那种所谓的“狐朋狗友”吧。不过，最近这一阵子，他们有所疏远。

宗助接过电话：“我是大友。久违了……”

“啊，大友先生。”太吉郎的声调显出从未有过的兴奋。

宗助问道：“听说你去嵯峨了？”

“我是悄悄躲进嵯峨的僻静尼姑庵里。”

“这就有点儿费解了。”宗助故意使用彬彬有礼的用语，“尼姑庵也有各式各样的哦……”

“哪里，是一本正经的尼姑庵，只有一个年老的庵主……”

“那多方便啊，就一个老庵主，你可以和年轻姑娘约会……”

“别胡扯了。”太吉郎笑着说道，“今天我是有事求你帮忙。”

“哦、哦。”

“我现在去府上拜访可以吗？”

“欢迎，欢迎。”宗助觉得有点儿蹊跷，“我现在哪儿也不能动，你听织机的声音，电话里也能听见吧。”

“是织机的声音，让人怀念啊。”

“说什么呢？我这儿织机要是停了，那会怎么样？这和你隐居的尼姑庵可不一样。”

不到半小时，佐田太吉郎就坐车到达宗助的店铺。感觉他目光炯炯，立即解开包袱皮，把图样展开，说道：“这个，我想求你帮忙……”

“哦？”宗助瞧着太吉郎的脸，“这是腰带的图案啊。就佐田先生而言，难得如此新颖华丽的图样。嘿嘿，是给藏娇尼姑庵的那一位画的吧……”

“又胡说了……”太吉郎笑道，“这是给我女儿画的。”

“啊，这要是织出来，令爱绝对会大吃一惊，简直要喜出望外吧。再说了，这么美轮美奂的腰带，她肯系吗？”

“其实是千重子送给我两三本克利的厚厚的画册。”

“克利？克利何许人？”

“克利是个画家，据说是什么抽象派的先驱。大家公认他的画格调温柔、品位高雅、富有梦幻色彩，尤其与日本老年人心灵相通。我在尼姑庵反复欣赏、琢磨，才设计出这个图案。这与日本古画断片截然不同，独出机杼。”

“是这样的。”

“织出来不知道会是什么样，总之，想请你先织出来。”太吉郎依然心情激动。

宗助久久地仔细端详太吉郎的图样。

“好，真不错。色彩的搭配……也非常好。这么富有新意的设计，佐田先生，你可从来没有过，不过，有点儿素雅，这就增加了织造的难度。不过，我努力用心织，试试看。尽量把女儿对父母的孝心、父亲对女儿的慈爱真切如实地表现出来。”

“谢谢。……近来流行一些理念啊、感受啊之类的词汇。我想，以后连色彩也会流行西方的时尚用语。”

“我并不觉得有多么高明。”

“我非常讨厌生搬硬套西洋的词汇。我们日本，不是从王朝时代开始就形成难以言喻的优雅的色彩吗？”

“对，就拿黑色来说吧，就有各种各样的表达方式。”宗助点了点头，继续说道，“可是，今天我也在想，腰带商中也有像伊豆藏[①]先生那样的人……他盖了一栋四层楼的洋房，那就是搞现代工业。我看，西阵也会变成那个样子的。一天能生产五百条腰带，用不了多久，职工参加经营，他们的平均年龄也就二十几岁。像我们这样手织机的家庭作坊，恐怕二三十年之内就会被淘汰吧。”

“胡说……”

“就是保存下来，都算不上是无形文化财吧。”

“……”

“像你这样，还在钻研什么保罗·克利。”

太吉郎说道：“这个保罗·克利啊，我在尼姑庵里，经过十天半月日夜的苦思冥想，融会贯通，才设计出这个腰带的图案色彩，不觉得炉火纯青吗？”

“的确精妙高超，具有典雅精致的日本风格。”宗助连忙说道：“真不愧是佐田先生的大手笔。我一定尽心织造，模板尽快做出来，精益求精。对了，我不织造，让秀男来织，他比我好。他是我长子，你是知道的。”

“嗯。”

“秀男织得比我精细。”

---

①伊豆藏，伊豆藏家族三代在西阵经营和服腰带的设计、制作，其中伊豆藏贤三最为有名，创立多种品牌，于1965年成立“京艺”。

“这事就拜托你了，总之，要高质量的腰带。我是批发商，货物大多是发售到各地。”

“瞧你说的。”

“这条腰带不是夏天的用品，秋天使用。你尽快动手吧……”

“好，明白了。与这条腰带搭配的和服，你是怎么考虑的？”

“先考虑腰带……”

“你是批发店，和服料子多的是，可以挑最好的……随便挑，不过，你这是不是给令爱置办嫁妆啊？”

“不，不。”太吉郎脸色有点儿发红，好像说的是自己的事。

据说西阵的手织，难以做到三代相传。就是说，手织是一门工艺，父辈是优秀的织匠，手艺高超，但未必能传给儿子。即使儿子学过父亲的技艺，自己也不懈怠，也很努力勤奋，但未必就能完全掌握父辈的技艺诀窍。

不过，也有这种情况，孩子四五岁时，就让他学缫丝。到十一二岁，就让他学习手织机的使用方法。然后，就可以从其他织匠那里承揽活计。所以，子女多的话，对于兴旺家业大有好处。六七十岁的老太婆还能在家里缫丝。这样的家庭，祖母和小孙女在一起缫丝干活。

大友宗助的家庭，只有他的老伴儿缠绕腰带丝线，长年累月，独自低头干活，显得苍老，变得沉默寡言。

他们有三个儿子，每个都在高机[①]上织腰带。家有三台高机，属于很好的家庭作坊，有的人家只有一台，还有的租用别人的织机。

正如宗助所言，长子秀男的手艺的确胜过父亲，在织物生产方和批发商中间都颇有名气。

“秀男，秀男。”

宗助叫喊儿子，他好像没有听见。自家使用的不是好几台机械织机，而是三台高机，高机是木制的，没什么噪声，而且宗助的喊声也相当大。不过，秀男的织机放在靠近院子的尽里头，织的又是最难织的茼带，也许他正聚精会神地干活，没有听见父亲的喊声吧。

宗助对妻子说道：“老婆子，你让秀男到我这儿来。”

“嗯。”妻子掸了掸膝盖，下到土间。一边往秀男的织机走去，一边握着拳头捶腰。

秀男停下机杼，看着母亲，没有立刻站起来，也许是累了。他知道家里来了客人，不方便伸懒腰。他抹了一下脸，走到太吉郎跟前。

“家里又脏又乱，您多包涵。”秀男面无表情地对太吉郎打招呼。工作的辛苦劳累都写在他的脸上、身上。

父亲说道：“佐田先生画了一幅腰带的图案，想让我们家织。”

①高机，手织木机的一种。机身比一般织机高，性能也较好。

“是吗？”秀男一副不感兴趣的样子。

“这可是重要的腰带。让你织，要比我织得好。”

“这是令爱，千重子小姐的腰带吗？”秀男那张白皙的脸这才第一次看着佐田。

作为一个京都人，宗助见儿子这种冷漠的态度，连忙打圆场道：“秀男从一大早就开始干活，有点儿累了……”

秀男没有吱声。

“不这么投入，干不好工作……”反倒是太吉郎宽慰秀男。

“现在织的是茼带，虽然意思不大，不过还是要动脑子用心去织的。请您原谅。”秀男低下头。

“没什么，匠人就应该这样。”太吉郎连连点头。

“尽管东西本身不怎么样，可是看中我们的品牌，这就更让我不好办。”秀男又低下脑袋。

“秀男。”父亲提高嗓门道，“佐田先生的这幅作品，与其他人的完全不同。他是在嵯峨的尼姑庵里精心创作的图案。是非卖品。”

“是吗？哦，是在嵯峨的尼姑庵……”

宗助说道：“你先看一看。”

“好吧。”

太吉郎感受到秀男的气场，刚刚来到大友家时的气势大为受挫。

他把图样摊在秀男面前。

“……”

“你看行吗？”太吉郎心里缺少底气。

“……”秀男还是一言不发，只是观看着。

“不行吗？”

“……”

“秀男！”宗助见儿子一直默不作声，忍无可忍，说道，“你说话啊！这么不礼貌。”

“嗯。”秀男还是没有抬头，“我也是匠人。所以才让我看佐田先生的图案，这个可不比寻常的活计，丝毫马虎不得。这是千重子小姐的腰带吧？”

“是啊。”宗助点了点头，他纳闷儿今天秀男的态度与往日大相径庭。

“不行吗？”太吉郎的嗓门儿终于高了起来。

“很好。”秀男依然平心静气，“我没说不行。”

“你嘴上不说，心里说……不过，你的眼睛已经表明了。”

“是吗？”

“你说什么……”太吉郎站起来，揍了他一个耳光。秀男没有躲闪。

“你随便打吧，我压根儿就没认为佐田先生的图案不好啊。”

可能因为挨打，秀男反而显得容光焕发。

秀男挨打以后，没有抚摩发红的半边脸，双手按在榻榻米上向佐田道歉：“佐田先生，请原谅。”

“……”

秀男继续道：“虽然惹您生气了，但是这条腰带还是让我来织吧。”

“没有生气啊。我上门本来就是求你们的啊。”

太吉郎极力让情绪平稳下来，说道：“其实，我也要请你原谅。上了年纪，还这么冲动，使不得。还打得我手疼……”

“那你应该借我的手打，我是织布的，手的皮肤厚。”

两人都笑起来。

当时，其实太吉郎的心里还有一点儿疑惑，想不明白。

“我多少年都没有动手打人了，现在都想不起来。——这件事，当然还是要请你原谅。但是，秀男，我想知道，当我把腰带的图案给你看的时候，为什么你的表情怪怪的。请你把实话告诉我。”

“嗯。”秀男的脸色又阴沉下来，“我也是一个年轻人，又是一个手艺人，我也说不清楚。您不是说这是您隐居在嵯峨尼姑庵里画出来的吗？”

“是啊。今天还得回庵里去，算起来，我在庵里才待半个月左右……”

“好了。”秀男语气坚定地说道，“您还是回家去吧。”

“在家里静不下心来。”

“就说这条腰带吧，华丽、鲜艳，格外新颖，这让我很吃惊。我心想，佐田先生是怎么画出这种图案的呢？于是，我没有说话，只是一味地端详观看……”

“……”

“粗略一看，的确还不错，但仔细地看，发现缺少心灵温柔的和谐，说不清楚，有一种粗糙、病态的感觉。”

太吉郎脸色苍白，嘴唇哆嗦，说不出话来。

“当然，不论多么荒凉偏僻的尼姑庵，都不会有狐狸、貉之类的野兽，所以也不会附在佐田先生身上……”

“哦。”太吉郎把图案拉到自己膝前，重新认真审视。

“啊……你说得好。年纪轻轻的，就这么有见地。谢谢……我要重画，再仔细认真琢磨，画一幅新的。”说罢，太吉郎连忙把画卷起来，塞进怀里。

“不，不，这个就很好。织出来的感觉不一样，颜料、染线的颜色也很棒……”

“谢谢你了。可是，秀男，就这幅图案，你能把我对女儿温暖的父爱用颜色织出来吗？”说罢，太吉郎匆匆告辞，出门离去。

门外是一条小河，典型的京都特色的小河。岸边的草的形状也颇具古风，向着水面倾斜。河岸上的白墙，大概就是大友的家吧。

太吉郎把手伸进怀里，将腰带的草图揉成一小团，扔进河里。

繁突然接到丈夫从嵯峨打来的电话，要她带着女儿一起去御室[1]看樱花，不知如何是好。她从来没有和丈夫一起赏过樱花。

“千重子，千重子！”繁求救似的叫喊女儿，“爸爸来电话了，你来接……”

千重子过来，一只手搭在母亲的肩膀上，另一只手拿起了电话。

“好的，我和妈妈一起去。你就在仁和寺前面的茶馆等我们，好，我们会尽快去……”

千重子放下电话，看着母亲笑道：“叫我们一起赏花嘛，你不乐意了？”

“干吗非要叫上我。”

“因为御室的樱花正是盛开的时候……”

千重子催促还在犹豫不决的母亲，一起走出店门。母亲还是觉得不可思议。

御室的有明樱、八重樱比市内其他地方开得晚，也可以说

①御室，地名，位于京都市右京区。宇多天皇退位后曾在此地的仁和寺内建造御室御所。

是京都樱花最后的残影吧。

走进仁和寺的山门，左边是樱花树林（也可以说是樱花园），盛开的樱花花团锦簇，压弯枝头。

可是，太吉郎说道："哇，这太糟糕了。"

樱花道两旁，摆着成排的大长凳，众人饮酒唱歌，大声喧闹，一片狼藉。有一些乡下来的大妈兴高采烈地欢歌跳舞，还有的男人烂醉如泥，鼾声如雷，甚至从凳子上滚落下来。

"这像什么话！"太吉郎大失所望，神情落寞地站在原地。三个人都没有走进樱花丛中。其实，对他们来说，御室的樱花，以前经常来看，这里是一处很熟悉的去处。

里面的树丛中，有游客燃烧垃圾的烟雾升起。

太吉郎说道："咱们找一个清静的地方避一避吧。怎么样？繁。"

他们正打算往回走，只见樱花树林对面的高大松树下，有六七个朝鲜妇女身穿朝鲜服装，敲着朝鲜长鼓，跳着朝鲜舞蹈。倒是她们的歌舞具有典雅的风情。透过松林的绿叶缝隙，能看见山樱。

"爸爸，你说找一个清静的地方，植物园怎么样？"

"哦，可能是不错的地方。御室的樱花，看一眼，算是尽了游春的情分。"太吉郎一行人走出山门，乘上汽车。

四月开始，植物园重新开放。京都站前，新辟一条开往植物园的电车，班次频频。

太吉郎对妻子繁说道："要是植物园人太多，我们就去加茂川河边走走。"

汽车行驶在嫩绿青翠的市内。古色苍然的房屋要比新建的房屋更能显示出萌发新绿树木的勃勃生机。

植物园门前是一条林荫道，再往前走，豁然开朗，视野辽阔。左边是加茂川的堤岸。

繁把门票掖在腰带里，开阔明亮的景色让她心情舒畅豁然。从批发店所在的那条街，只能望见远山一角，更何况繁很少出门。

走进植物园，迎面是喷水池，周边绽放着郁金香。

繁说道："这儿的景色，和京都大不一样。毕竟是美国人，应该在这儿盖过房子。"

太吉郎回答道："你瞧，在最里面。"

来到喷泉边上，尽管感觉不到春风的吹拂，细小的水珠四处飞溅。喷泉的左边，是一座很大的圆顶温室，钢筋玻璃结构。三个人没有进去，只是隔着玻璃观赏一下热带植物。他们只是短暂地随意散散步。路的右边，高大的雪松嫩芽新萌，树干下层的枝丫铺展在地面之上。雪松虽是针叶树，但新芽春意盎然，郁郁葱葱，不会让人想到"针"这个字。它和"唐松"不同，不是落叶松，但是，如果它也落叶的话，会不会还照样抽出梦幻般的新芽呢？

“大友先生的儿子前几天数落我一通。”太吉郎突然莫名其妙地冒出一句话，“不过，他的手艺比他父亲好，眼光敏锐，能看透人的心理。”

太吉郎半是自言自语，繁和千重子都不明就里。

千重子问道：“你见到秀男了？”

繁说道：“听说他织造的手艺很高。”

太吉郎向来不喜欢别人对他说的话刨根问底。

从喷泉往右，走到头，向左拐，好像是儿童游乐场。能听见孩子们的欢闹声，草地上堆放着不少小衣物等东西。

太吉郎一家三人从树荫下右拐，没想到竟然来到郁金香花圃。鲜花盛开，几乎让千重子高声欢呼。红色、黄色、白色、黑山茶花般的深紫色，大朵的花瓣姹紫嫣红，争奇斗艳，满园春色。

“嘀，以后要想标新立异，就用郁金香做图案吧，简直是愚蠢的主意……”太吉郎叹了一口气。

太吉郎凝神观赏着郁金香，心想如果把雪松下部的嫩芽枝杈比作孔雀开屏，那又该把五彩缤纷、满园怒放的郁金香比作什么呢？万紫千红的花色把天空染得绚丽多彩，映入心间。

繁总是与丈夫保持一段距离，愿意与女儿紧挨在一起。虽然千重子有点儿疑惑，但没有在脸色上流露出来。

千重子对母亲低声说道：“妈，你看，白色郁金香花圃前面有一群人，好像是在相亲。”

“嗯，也可能。”

“妈，你别老看他们啊。”千重子拽了拽母亲的衣袖。

郁金香花圃前面，有喷水池，池里有鲤鱼。

太吉郎从座椅上站起来，走近前去，观赏郁金香。他弯下身，仔细端详花瓣，然后回到母女跟前，说道：“这种西方的花，虽然艳丽，也会看腻的。我还是喜欢竹林。”

繁和千重子也站了起来。

郁金香花圃地势较低，周边树丛围绕。

太吉郎问女儿：“千重子，植物园是西式庭园吗？”

“噢，这个……我也不太清楚，好像有点儿像。”千重子回答道，接着又说，“妈妈好不容易出来一趟，咱们多待一会儿吧。”

太吉郎又只好勉强在花丛间溜达起来。

这时，忽然听见有人叫他：“佐田先生吗？没错，是佐田先生……”

“哎哟，原来是大友先生。秀男也来了。”太吉郎说道，“真没想到在这里……”

“是啊，我也没想到……”说罢，他深深鞠了一躬。

“我是喜欢这里的樟树林荫道，一直等着植物园重新开放。

这些樟树的树龄都有五六十年了，我们是慢悠悠一路走过来。”宗助又低头说道，“前些日子，我儿子失礼了……”

“年轻人嘛，没什么。”

“你是从嵯峨过来的？”

“嗯，我是从嵯峨来的，繁和千重子从家里来……”

宗助走到繁和千重子跟前，打招呼寒暄。

“秀男，你觉得这郁金香怎么样？”太吉郎的语气有点儿严肃。

“活着的花。”秀男再次孟浪地回答。

“活着？对，是活着。可是，我多少看厌了，因为花太多……”太吉郎说罢，便转过身去。

花是活着。虽然是短暂的生命，但无疑活着。待来年，依然含苞绽放。——就像活着的大自然一样。

太吉郎觉得自己又被秀男挖苦一番。

“还是我目光短浅，虽然我不喜欢用郁金香做和服布料和腰带的图案，但只有大画家的手笔画出的郁金香，才具有永恒的生命力。”太吉郎没有转过身来，“就拿古画断片来说，没有比京都的古画更古老的了，但如今谁也创作不出来，最多只是临摹。”

“……”

“再说活着的树，还有比京都更古老的树吗？”

“其实，我的话并没有那么深奥晦涩。我一天到晚只是面对织机操作，没有想过这么高深的事情。”秀男低下头，“不过，打个比喻，如果千重子小姐站在中宫寺或者广隆寺的弥勒佛前面，那不知道小姐要比他美多少倍。”

太吉郎说道：“这要是让我女儿听见了，不知道该多高兴。你这么比喻，担待不起啊。……秀男，我女儿也会很快成为老太婆的，光阴似箭啊。”

“正因为如此，我才说郁金香活着。”秀男加重语气说道，“花期短暂，所以才拼命将全部的生命力绽开怒放。现在，正是她生命的旺盛期。”

“是啊，说得对。”太吉郎转过身，面对秀男。

“我并没有说织一条可以系到当奶奶时候的腰带，现在……我就想织一条系一年的腰带，但系在身上一定要舒坦、满意。”

“好气度。”太吉郎点了点头。

“有什么办法呢，毕竟和龙村①先生他们不一样。”

“……”

“我之所以说郁金香是活着的花，正是出于这种心情。现在虽然绚烂盛开，却也有一两瓣落英。”

“是啊。”

“说到落花，樱花是落英缤纷，自然别有情趣，但不知郁金

①龙村，指龙村织物。1894 年龙村平藏创立，研究、模仿正仓院、法隆寺保存的古画断片，推陈出新，创建品牌。尤其“缎帐”（帘幕）在织物界享有盛誉，为皇室、众参两院、最高法院、迎宾馆、大寺院、大剧场等织造。

香的落花是什么样的。”

“花瓣凋零飘落……”太吉郎说道，“不过，郁金香花多，我不是很喜欢。花色也过于浓艳，感觉索然无味……也许是我上了年纪的缘故吧。”

“我们走吧。”秀男提醒道，“以前人们把要织在腰带上的郁金香图案画在纸板上送到我家里来，那些都不是活着的郁金香。今天看到了，让我眼睛一亮。”

太吉郎一行五人，从低洼的郁金香花圃走上石阶。

石阶旁边，雾岛杜鹃花蕾锦绣，不像是树篱，倒像是长堤，花苞膨胀欲放。现在还不到杜鹃花期，但细小的嫩叶，争相伸长，一片新绿映衬出郁金香花色的娇艳之美。

登到石阶顶上，只见右边是开阔的牡丹园和芍药园。尚未开花，好像是新辟的花园，没有多少印象。

不过，从这里可以望见东面的比睿山。

从植物园各处都可以望见比睿山、东山和北山，但是从芍药园望见的东面比睿山，好像是山的正面。

宗助对太吉郎说道：“可能因为雾霭太浓，看上去比睿山显得很低。”

“春霭朦胧，才见山容妩媚……”太吉郎眺望片刻，“大友先生，你看那雾霭，不觉得是晚春吗？”

"是吧。"

"雾霭太浓，我倒觉得已是春末。"

"是吧。"宗助又说道，"时间真快啊，我还没有好好赏樱呢。"

"这不奇怪啊。"

两人默默地走了一会儿。

太吉郎说道："大友先生，咱们从你喜欢的那条樟树林荫道回去，好吗？"

"那太好了。只要能走那条林荫道，我就心满意足了。来的时候就这么过来的……"宗助说罢，回头问千重子，"小姐，能陪我们走吗？"

樟树的林荫道，左右两边的树枝在空中相互交错缠绕，枝梢的新叶还很细嫩，呈淡红色。没有风，但有的枝梢在轻轻摇曳。

五个人几乎都没有说话，慢慢走着。树荫下，各自的心头，思绪翻涌。

秀男刚才将千重子与奈良、京都最优雅的佛像相媲美，认为千重子更胜一筹，秀男的话萦绕在太吉郎的脑海里。难道秀男对千重子已经迷恋到这个程度了吗？

不过……

要是千重子和秀男结婚，大友的作坊，哪里是她的安身之处呢？难道也只能像秀男的母亲那样一年到头，一天到晚缠绕腰带丝线吗？

太吉郎回头一看，只见千重子正热心地听秀男说话，不时点头。

太吉郎又想，当然，即使两人结婚，千重子也未必非去大友家不可，也可以让秀男入赘佐田家。

太吉郎就这么一个女儿，要是嫁出去，母亲繁会多么伤心啊！

当然，秀男是大友的长子。而且他的父亲宗助说过，秀男的手艺比自己好。可是，宗助还有二儿子、三儿子啊。

再说，佐田家的“太”记老字号，虽说家道中落，生意惨淡，甚至无法恢复旧貌，但毕竟是京都市中心的批发商。这与只拥有三台手织机的小作坊迥然不同，他们连一个雇工都没有，只靠家里几口人从事手工作业，其境遇可想而知。这从秀男的母亲朝子的形态、厨房的简陋就能看得出来。虽然秀男是长子，但只要双方商量得当，秀男过门当入赘女婿也不是不可能的。

“秀男这孩子稳健持重。”太吉郎对宗助试探道，“年纪轻轻，但为人可靠……”

“噢，过奖了。”宗助不动声色地说道，“不过，干活倒是一把好手，只是一到人前，说话净得罪人……我放心不下。”

“那倒没什么，我这一阵子老被他挖苦……”太吉郎倒显得乐呵呵的样子。

“那请你多宽恕了。他就是这么一个人。”宗助略一低头，“我们说的话，他要是不理解，就不听从。”

“这都没什么。”太吉郎点点头，“今天你怎么就带他一个人出来？”

“要是把他的弟弟也带出来，家里的织机就得停下来。主要是秀男这个人性格倔强固执，我带他来走走樟树林荫道，想让他的性格变得温和一点儿……”

“这条林荫道真好。其实，大友先生，我也是因为听了秀男的温馨劝告，今天才带繁和千重子来植物园散散心的。”

“哦？”宗助惊讶地看着太吉郎，“恐怕你是想看看女儿吧？”

“不是，不是。”太吉郎连忙否认。

宗助回过头，看见秀男和千重子落后几步边走边聊，繁又落在他们后面。

出了植物园大门，太吉郎对宗助说道：“这辆车，你们用吧。西阵离这儿很近。我们先去加茂川河堤走走……”

宗助还在迟疑不决的时候，秀男说道：“那谢谢了。”接着，他让父亲先上车。

佐田一家站在路旁，目送车子离去。宗助从座席上欠了欠身子，表示致谢，但看不清秀男是否点头。

“这孩子，有意思。”太吉郎想起自己给他一记耳光的事，忍着笑，说道，“千重子，你和那个秀男聊得很开心的样子。面对一个年轻的女孩子，他觉得不好对付吧？”

千重子眼含羞涩：“你说是在樟树林荫道上吧？我就听他说。他怎么那么能说啊？说得那么起劲……”

“你瞧，还不是因为他喜欢你呗，你连这点都不明白吗？他对我说，你比中宫寺或者广隆寺的弥勒佛不知要美多少倍……连我都大吃一惊。不过，那个愣小伙，说的话倒挺中听。”

千重子也大为惊讶，但并没有说什么，只是两颊泛红到耳根。

父亲问道：“你们聊什么了？”

“西阵手织机今后的命运这些事。”

“千重子……”太吉郎陷入思考。

千重子回答道：“一说到命运，话题就变得沉重起来。不过，怎么说呢？命运啊……”

出了植物园，右边加茂川的堤岸上，两边是成排的松树。因为行走在夹道的松树之间，太吉郎打头，下到河滩。说是河滩，其实是细长的绿草地。从堤堰落下的水声，清晰可闻。

一群老人坐在草地上，打开饭盒饮食；也有的情侣双双漫步。

河对岸，公路下面，有一处供人散步的地方。透过稀稀落落的樱花树叶，可以望见爱宕山的正面，与西山相连。加茂川上游，似乎离北山较近。这一带是风景区。

繁说道：“坐一会儿吧？”

从北大路桥下面看过去，河边的草地上晾晒着一些友禅印花布。

繁环视四周，说道："哦，毕竟是春天啊。"

太吉郎问繁："繁，你觉得秀男这个小伙子，怎么样？"

"怎么样？你这是什么意思？"

"招个上门女婿……"

"啊？你怎么突然提起这事？"

"这个人还稳重吧？"

"那倒是。不过，你要问千重子，看她什么意思。"

"千重子以前就说过，听从父母之命……"太吉郎看着千重子，"是吧？千重子。"

"这种事不能强迫。"繁也看着千重子。

千重子低下脑袋，眼前浮现出水木真一的模样。那是幼小时候的真一，他画眉抹唇，一身王朝时代的装束，坐在祇园祭的彩车上。这是真一的孩童印象。——当然，那个时候，千重子也是幼童。

北山杉

自平安王朝开始，京都一说到山脉，就是指比睿山；一说到节庆，就是指加茂祭[1]。

五月十五日的葵祭也已经过去了。

昭和三十一年（1956）开始，葵祭敕使的行列里加入斋王[2]。斋王隐居斋院之前，先要在加茂川沐浴净身。这种仪式参照古代仪典的模式，斋王要身穿十二单[3]，由身穿小袿[4]的命妇[5]前

①加茂祭，京都每年5月15日举行的节庆活动。主要是为了祈求息灾祛病，五谷丰登。祭典队伍由京都御所出发，经过贺茂御祖神社，最后到达上贺茂神社。后来因祭典时使用葵花、葵叶作装饰，故也称葵祭。原先称为贺茂祭。为京都三大祭（加茂祭、祇园祭、时代祭）之一。

②斋王，指在伊势神宫和贺茂神社出任巫女的未婚内亲王和女王，代表皇室侍奉天照大神。又称斋宫、斋皇女。

③十二单，日本平安时代公家女性传统服饰中最正式的一种，作为贵族女性的朝服。在内衣与外衣之间套穿5—12件“袿”（衬衣、衬褂），依不同季节，不同身份，不同场合，颜色和花纹有特定的复杂搭配。现代是皇族女子在即位礼、结婚式、御大礼、祭祀等大礼场合的正式礼服。

④小袿，女官装束之一。平安时代以后，为贵妇的通常礼服。

⑤命妇，平安时代中期，中等官位的女官以及女房的统称。

导，女孺[1]、童女等随后，伶人奏乐，坐在牛车拉的轿子里过河。由于这一身装束打扮，再加上扮演斋王的一般都是女大学生这样的年轻女子，更显得花枝招展，典雅艳丽。

千重子的同学中，也有的姑娘被挑选担任斋王。届时，千重子和同学们都到加茂川的堤岸观看游行队伍。

京都有很多古老的神社、寺院，可以说几乎每天总有各种大大小小的祭庆活动。翻看一下祭庆月历，五月份总有这样那样的活动。

献茶、茶室、野外点茶、茶釜点茶[2]等，总有什么地方举办茶会，根本转不过来。

然而，今年五月，千重子连葵祭都没看成，因为这是多雨的季节，另外，也由于自己小时候就被大人带着看过各种祭庆活动。

千重子虽然也喜欢花，但更喜欢新叶嫩绿。高雄一带的枫树嫩叶自不待言，也喜欢若王子的新绿。

友人从宇治寄来新茶，千重子沏好茶，给母亲端去，说道："妈，今年没想起来，忘了去看采茶。"

母亲说道："大概现在还在采吧。"

---

①女孺，侍奉后宫的女官。

②这里均指茶道。明治以后，茶道家元将给神社、寺院奉上茶汤称为"献茶"，而现在，对神社称为"献茶"，对寺院称为"供茶"。野外点茶，指在屋外举行茶会，其点茶规矩比室内简化。茶釜，专指茶道使用的各种釜，用以烧水。主要是铸铁，也有一些铸铜。

“也许吧。”

前些日子在植物园里林荫道散步，看到樟树正在抽芽，美如绿花，大概也是略晚于季节的吧。

“千重子，去不去高雄看枫树的嫩叶啊？”千重子的朋友真砂子打来电话，“比看红叶的时候人少……”

“不会太晚吗？”

“那儿的气候比市内冷，我想还可以吧。”

“嗯。”千重子稍一停顿，“上次去看了平安神宫的樱花后，要是马上去看周山的樱花就好了，可是全忘到脑后了。那棵古树……现在樱花是看不成了，我倒是想去看北山杉，离高雄也很近。站在北山杉下面，仰望那挺拔、高大、秀丽的大树，我会感到心旷神怡，怎么样？和我一起去看杉树吗？与其看枫叶，我更想看北山杉。”

既然已经到这儿来了，千重子和真砂子决定去看高雄的神护寺、槙尾的西明寺、栂尾的高山寺的枫树绿叶。

神护寺和高山寺的坡道都相当陡峭。真砂子穿着一身合时初夏的轻便西服，脚上是矮跟皮鞋，而千重子还是一身和服，真砂子怕她热，瞧了她一眼。但是，千重子一副满不在乎的样子。

“你干吗这样瞧我？”

“真美。”

“是啊，真美。”千重子停下脚步，俯视着清泷川，说道，“我还以为绿树郁郁葱葱，苍翠茂盛，没想到这么清爽。”

“我是说……”真砂子憋住笑，“千重子，我，我是说你真美。”

“……”

“为什么会生出这么个大美人啊。”

“真讨厌！”

“这一身素雅的和服，在万绿丛中，更加衬托出你的美貌。当然，你要是穿上艳丽的服装，也一样显得雍容华贵……”

今天，千重子穿一身雅致的暗紫色绉绸和服，腰带是父亲毫不吝惜剪下来的那条印花布。

千重子走上石阶。千重子想起神护寺里有平重盛①、源赖朝②的肖像画——被安德烈·马尔罗③认定为世界名画，好像平重盛的面颊还是什么地方残留一点儿淡红——这时，真砂子对她说起这事。对了，千重子以前好几次听真砂子说过同样的话。

千重子喜欢站在石水院宽阔的走廊上，眺望对面的山貌，也喜欢观赏开山祖师明惠上人④树上坐禅的肖像画。壁龛旁边摊

---

①平重盛（1138—1179），平安王朝末期的武将、公卿。任二位内大臣，后出家。

②源赖朝（1147—1199），镰仓幕府首任征夷大将军、政治家，开创了日本武家幕府制度。幕府政治在日本长达680年，直至1868年明治维新。

③安德烈·马尔罗（1901—1976），法国作家、政治家、评论家。曾在“二战”中参加法国抵抗运动，1958年出任戴高乐领导的文化部部长。

④明惠上人（1173—1232），镰仓时代前期的华严宗高僧。被称作华严宗中兴之祖，创建京都高山寺。《树上坐禅图》由其弟子惠日房成忍创作。

展着画卷《鸟兽戏画》[1]的复制品。她们两个人还受到僧人的款待，在走廊上品茶。

真砂子没有去过高山寺背面的深处，那是游人止步之地。

千重子想起有一次父亲带她到周山赏花，还采摘笔头菜拿回家。笔头菜又粗又长。后来，只要来高雄，即便一个人，她也要去北山杉的村子。——如今这个村子已经合并到市里，变成北区中川北山町，也就一百二三十户人家，所以称为村子应当更恰当。

“我每次都是走路，咱们走吧。”千重子说道，“这路也挺好走的。”

来到清泷川岸边，山势陡峭，逼迫近前，不多久，就能望见一片美丽的杉树林。树木挺拔笔直，整齐耸立，一看就知道这是经过人工精心种植修整的。名贵木材“北山圆木”只出自这个村子。

下午三点休息时间，一群像是刈割林间杂草的妇女从杉树山上走下来。

真砂子突然站住，呆立不动，出神地注视其中一个姑娘。

“千重子，那个人长得很像你，跟你简直就是一模一样。”

---

①《鸟兽戏画》，即《鸟兽人物戏画》，为京都高山寺保存的国宝，有甲乙丙丁四卷。其内容反映当时的社会，将动物、人物以讽刺画的形式描画，是日本戏画（讽刺画）的集大成之作，也是日本最古老的漫画。一说作者为鸟羽僧正觉猷，一说为多人所创。

那姑娘身穿藏青碎白花纹的窄袖上衣，肩上斜系袖带，下面穿着裙裤，胸前系着围裙，戴着手背套，头上蒙着毛巾。胸前的围裙一直围到背后，在两边的腋下开衩。只是从袖带和裙裤露出红色的细带。其他姑娘大致也是相同的装扮。

她们的装束打扮与“大原女”“白川女”① 大体相似，都是乡下人的简陋服装，只不过她们不进城卖东西，只是在山间干活的平时服装罢了。这应该是日本田野山间劳动妇女的穿着吧。

“像极了，太不可思议了。千重子，你仔细看看啊。”

“是吗？”千重子也没有细看，“你说话太轻率了。”

“怎么轻率？那么漂亮……”

“漂亮归漂亮……”

“简直就是你的亲姐妹。”

“嘿，瞧你胡说！”

被千重子这么一说，真砂子也觉得自己失言，有点儿过分，便掩嘴强忍笑声，说道：“虽然人与人也有长得相像的，但你们这样分毫不差的，太让人惊讶了。”

这个姑娘，还有她的同伴们，对千重子她们几乎没有留意，便走过去了。

那个姑娘头上的毛巾裹得很低，只露出一点儿额发，脸颊几

①大原女，一般指居住在京都北部大原乡村的妇女头顶薪柴到京都市内叫卖的行商。白川女，一般指居住在北白川乡村的妇女头戴四季花草到京都市内叫卖的行商。现在已不存在，但在祭庆活动中还有人扮演这些京都劳动女性的形象。

乎藏在毛巾里。并不像真砂子所说的，根本看不清楚她的脸庞。

而且，千重子多次来过这个村子，看到男人们把杉树干的外层皮粗略地剥掉之后，再由妇女仔细地剥掉里层皮，然后用水或者热水浸泡过的菩提瀑布[①]沙子加以打磨，制作出杉树圆木的过程，所以还是能模模糊糊地记得她们的面孔。因为都是在路边、户外进行这样的加工工序。一个小山村，姑娘也不多。不过，当然她也不会仔细端详每个姑娘的长相。

真砂子看着姑娘们的背影，心情稍稍平静下来。

“真怪。”她又说了一遍，然后侧头打量千重子的脸庞，“像极了。”

千重子问道：“哪里像？”

“怎么说呢，一种感觉吧。具体说哪里像，这不好说，是眼睛、鼻子……京都城的小姐和山里的姑娘本来就不一样。这个你别往心里去。”

“这没什么……”

“千重子，要不咱们跟在她后面，去看看她家是什么样子。好吗？”真砂子一副心有不甘的样子。

虽然真砂子是一个开朗外向的姑娘，但真的要跟踪到姑娘

①菩提瀑布，位于京都市北区鹰峰。据说出售用瀑布潭底的细沙打磨的杉树圆木可致富。

家里，恐怕也只是说说而已。不过，千重子还是放慢了脚步，时走时停，一会儿抬头看着杉树林的山坡，一会儿观看堆立在家家户户门前的杉树圆木。

这些杉树圆木，粗细差不多，打磨光滑，十分美观。

“就像工艺品一样。”千重子说道，“修建茶室也使用这样的木料，甚至远销到东京、九州……”

这些圆木一根根整齐地码放在屋檐下面的边上，有的在二楼也排列圆木。有一户人家，在二楼排列的杉树圆木前面晾晒汗衫等衣服。真砂子没见过，很好奇，说道：“这户人家是住在圆木堆里的啊。”

“真砂子，你说话真的很冒失，你没看圆木旁边不就是很气派的住房吗？”

“哦，二楼还晾晒着衣服呢。”

“真砂子，你说那个姑娘像我，也就是随口乱说。”

“那可不一样。”真砂子认真起来，“说你像她，是不是感到意外？”

“没有啊，我没觉得意外……”千重子说话的时候，眼前却突然浮现出那个姑娘的眼睛。那勤奋干活的健康的身子，有一对黝黑深邃的眼睛，深藏着淡淡的哀愁。

“村里的女人都是干活的好把式。”千重子仿佛要避开什么想法似的。

"村里的女人不跟男人一起干活，这没什么可奇怪的啊。庄稼人嘛，就是这样子。还有卖菜的、卖鱼的，都一个样……"真砂子语气轻松，"像你这样的小姐看什么都很感动。"

"我以后也打算干活。你怎么样？"

真砂子爽快回答："哈，我才不干呢。"

"干活，说说容易，我真想让你看看这里的姑娘是怎么干活的。"千重子又把目光投向杉树山，"这个时候，大概开始整枝了。"

"什么叫整枝？"

"为了让杉树成材，把多余的树枝打掉。一般都是用梯子，不过有时候也不用，人们就像猴子一样，从这棵树的树枝跳跃到另一棵树的树枝上……"

"那多危险啊。"

"有的人从早晨爬上去，一直到吃午饭才下来……"

真砂子也抬头望着杉树山。那一排排整齐挺拔的杉树气势多么壮观。残留在枝梢的层层绿叶也如精致的工艺品。

山不高，也不太深。抬头望上去，排列在山顶上整整齐齐的杉树，一棵棵都能看得清清楚楚。这些杉木用来修建茶室，所以，杉林的形态可以说也呈现出茶室的风情。

只是清泷川两岸山势险峻，仿佛跌落进狭窄的山谷。雨水充沛，日照较少，据说这是形成杉树圆木这个著名木料品牌的主要原因。另外，具有挡风的自然条件。如果杉树遇到强风吹刮，新长出来的柔嫩的年轮会导致杉树弯曲歪扭。

村子的房屋似乎只是在山麓、河岸排成一列。

千重子和真砂子一直走到这个小村庄的尽头，再返回来。

有的人家正在打磨圆木，她们把浸泡在水里的圆木提上来，用菩提瀑布的沙子专心地打磨。据说这红褐色黏土状的沙子就是从菩提瀑布水潭下面挖上来的。

真砂子问道："要是沙子用完了，那怎么办？"

一个年长的妇女回答道："一下雨，沙子就随着瀑布冲下来，沉积在下面。"

真砂子心想，她倒是满不在乎。

正如千重子说的那样，这些妇女们干起活儿来非常卖力，双手不停，勤奋耐劳，五六寸粗的圆木，大概用来做柱子的吧。

打磨好以后，水洗晾干，然后用纸或稻草裹上，就可以发货上市了。

杉树的种植一直延伸到清泷川河滩一带。

真砂子看着山上成排的松林和屋檐下面成排的圆木，脑海里不由得浮现出京都那古老的家里纤尘不染的红格子门。

村口有一处国铁公交站，站名叫菩提道。上面大概就是菩提瀑布吧。

两人乘公交回城，上车后，没有说话，沉默片刻，真砂子冷不丁冒出一句："女孩子要是能像杉树那样顺利平直地成长该多好啊。"

"……"

"可是我并没有得到那样的关爱照顾。"

千重子几乎要笑出来："真砂子，和他见过吗？"

"嗯，见过。坐在加茂川边的草地上……"

"……"

"木屋町的纳凉床上已经有不少游客，都已经亮灯了。我们背对着纳凉床，所以纳凉床上的人不知道我们。"

"今天晚上呢？"

"今天晚上约在七点半。现在天还有点儿亮。"

千重子对真砂子的这种自由羡慕不已。

千重子和父母亲，一家三口在面对里院的内客厅里吃晚餐。

母亲对父亲说道："今天岛村先生送来不少瓢正[①]老店的竹叶卷寿司，所以我只是做了个汤。"

"是吗？"

竹叶卷鲷鱼寿司是父亲的最爱。

"关键是今天大厨回来有点儿晚了……"母亲指的是千重

①京都的寿司店。1952年创业，招牌菜是竹叶卷鲷鱼寿司。由于川端康成在《古都》中提及此店，一举成名。

子，“你又去看北山杉了？和真砂子一起……”

“嗯。”

伊万里[1]磁盘里盛着竹叶卷鲷鱼寿司，满满的。竹叶包成三角形，揭开以后，里面是切成薄片的鲷鱼肉。清汤以豆腐皮为主，加入少许香菇。

太吉郎的店铺虽然还残留一些京都批发商的旧时余风，还保留着铺子正面的红格子门，但毕竟现在都变成了“会社”，以前的掌柜、伙计，如今都是“职员”。大多数人都住在外面，每天上下班，只有从近江来的两三个小伙计还住在店铺临街的粗格子窗的二楼。所以，如今在里间的晚餐就很清净。

“千重子喜欢去看北山杉。”母亲问道，“为什么呢？”

“那儿的杉树都很挺拔笔直，很好看。我觉得，要是人心也这样，那多好啊。”

母亲说道：“你的心不也这样正直吗？”

“不，我的心有点儿扭曲……”

“嗯，说得对。”父亲插话道，“不论多么正直的人，心里都有形形色色的杂念。”

“……”

父亲说道：“这不是很正常吗？像北山杉那样成长的孩子，

①伊万里，日本以有田（佐贺县有田町）为中心的肥前国（今佐贺县与长崎县）所生产的瓷器总称。品种丰富，风格多样，远销海外。

固然可爱，但世间难有。即使有的话，遇到什么困苦艰难，肯定会碰得焦头烂额。就说树吧，弯曲也好，歪斜也好，只要能长成大树就可以了。父亲就是这么认为的……你看看咱们家小院子里那棵老枫树。”

母亲有点作色说道：“千重子这孩子这么好，你还唠叨些什么？”

“好了，好了，我知道了，千重子就是个正直的孩子……”

千重子脸朝着里院，有片刻没有说话。

“我缺少枫树那样的强韧……”她的声音带着悲哀，“我不过是生长在枫树小孔里的紫花地丁。紫花地丁在不知不觉中凋谢零落。”

母亲说道：“可是，到明年春天，一定又会开花。”

千重子低着头，目光盯在枫树根旁那座雕有基督像的石灯笼上，凭着室内的灯光，已经看不清那尊剥蚀的圣像，但是，她似乎在祈祷。

“妈，我究竟是在哪里出生的？”

母亲和父亲相视一眼。

太吉郎果断回答道：“在祇园的樱花树下。”

什么祇园的樱花树下，那不就是《竹取物语》[1]里的辉夜姬

①《竹取物语》，日本最古老的物语文学作品。创作年代和作者不详。描写伐竹翁在竹林中伐竹，忽见一根竹子发光，劈开后发现竹筒之中有一小女婴，便带回家抚养。长大后取名辉夜姬。然后叙述她的婚姻故事、最后升天归月的故事。

从竹节之间生出来的吗？这不类似一个童话故事吗？

正因为如此，反而让父亲说得那么斩钉截铁。

千重子心想，要是真的生在樱花树下，就会像辉夜姬那样，说不定会把我迎回月宫去。——她想开一个小小的玩笑，但还是没有说出来。

不管是抛弃的，还是偷来的，千重子的出生地，父母亲也无从知晓。千重子的生身父母是谁，他们也一无所知。

千重子后悔自己不应该问这样没礼貌的问题，可是她觉得现在也无须道歉，也许这样好一些。自己为什么会心血来潮问起这个突兀的问题呢？她也想不明白。也可能因为她的脑子里隐隐约约想起真砂子说过的话——北山杉村有个姑娘和自己长得一模一样。

千重子的目光不知道看哪里好，于是抬头眺望枫树高大的树梢。也许是月亮已经升起，也许是屋内灯光的映照，夜空泛着微白的亮光。

“这已经是夏季的天色了。”母亲繁也仰望着天空，“我说啊，千重子，千重子你就是生在这个家里。虽然不是我生的，但就是生在这家里。”

“是的。”千重子点了点头。

——正如千重子在清水寺对真一所说，她不是太吉郎夫妇从赏夜樱的祇园偷来的，而是被扔在店铺格子门外的弃婴。是太吉郎把她抱进屋里的。

那是二十年前的往事，太吉郎那时三十多岁，生活是相当放荡荒唐。所以，妻子不相信丈夫说的这一番话。

“瞧你说得好听……大概是你和艺伎生的孩子吧？”

“你胡说什么！”太吉郎勃然作色，把孩子往妻子面前一伸，“你好好看看，这孩子穿的是什么衣服？这是艺伎的孩子吗？唔，是艺伎生的孩子吗？”

繁接过孩子。将自己的脸贴在婴儿冰冷的脸颊上。

“这孩子，你打算怎么办？”

“到里面慢慢商量吧。你怎么愣在这里啊？”

“刚刚生下来的。”

因为不知道亲生父母的姓名，不能收为养女，所以太吉郎夫妇将这个女婴作为自己的亲生女儿申报户籍，并取名千重子。

当时的民间说法：抱个养子，自己会生娃。可是繁没有生孩子，于是太吉郎两口子就把千重子视同己出，作为自己的独生女，百般疼爱，精心抚养。经过多年，太吉郎夫妇也不再惦记千重子的亲生父母。至于他们的生死，自然无从知道。

晚饭后，收拾餐具很简单，千重子一个人把包裹寿司的竹叶、盛汤的碗拾掇一下就行了。

然后，千重子回到二楼自己的寝室，翻看父亲曾拿到嵯峨尼姑庵去的保罗·克利、马克·夏加尔的画集。没一会儿，她便躺下去睡觉，但很快就被自己“啊！啊！”的梦魇声惊醒。

“千重子，千重子！”隔壁传来母亲的叫唤声，还没等千重子回答，隔扇就被拉开了。

“你做噩梦啦……”母亲走进来，“是做梦了？”

说着，母亲坐在千重子身旁，打开床头灯。

千重子坐起来。

“哎哟，出这么多汗。”母亲从千重子的梳妆台上拿出一条纱巾，擦着千重子的额头和胸脯。千重子任由母亲擦拭。母亲一边心想“多么白净的胸脯啊”，一边把纱巾递给千重子：“你擦擦腋下吧……”

“妈，谢谢您。”

“做噩梦了？”

“嗯。从很高的地方摔下来……扑通一声掉进一个绿得可怕的深渊……像是无底洞。”

“谁都做过这种梦。”母亲说道，“掉下去的地方都是无底洞。”

“……”

“千重子，别着凉。不换件睡衣吗？”

千重子点了点头，但依然惊魂未定。她刚要站起来，只觉得脚下不稳，摇摇晃晃。

“好了好了，我给你拿。”

千重子坐在床上，有点儿不好意思，但很利落地换上睡衣。她正要把换下来的睡衣折叠起来，母亲说道："不用叠，好了，要拿去洗的。"她拿起来搭在角落的衣架上，接着又坐在千重子的枕边。

"做了一场噩梦，还不至于发烧吧。"母亲的手掌按在千重子的额头上，没有烧，反倒感觉有点儿凉。

"嗯，跑到北山杉村里，大概是累着了。"

"……"

"瞧你这脸色，我不放心。妈过来陪你睡吧。"母亲想把被窝搬过来。

"谢谢……不过不用了，我已经好了。您放心睡去吧。"

"真的啊？"母亲一边说一边钻进千重子的被窝里。千重子往边上挪一下身子。

"千重子，你个子都长这么大了，妈再也不能搂着你睡觉了。真有意思。"

然而，倒是母亲先进入梦乡，千重子怕母亲的肩膀着凉，手悄悄摸索着关灭了灯。可是，千重子难以成眠。

其实，千重子做的是一个长梦，告诉母亲的，只是结尾部分。

梦的开头，千重子并没有完全入睡，只是似睡非睡之间的感觉，回想起今天与真砂子去北山杉村庄的情景，心里很愉快，而且真砂子所说的那个酷似她的姑娘的形象，奇怪得很，远比在村子所见更加清晰地出现在梦境里。

梦的结尾，她才掉进一个绿色的深渊里。那绿色，也许就是残留在她心中的北杉山。

鞍马寺的伐竹会[①]，是太吉郎喜欢的一种仪式，因为具有男人的气概魄力。

太吉郎年轻时就看过多次，已经不觉得稀罕，但他还是想带女儿千重子去见识一下。何况听说今年因为缩减经费，十月鞍马寺的火节[②]也将要取消。

太吉郎担心的是天气，六月二十日，正是梅雨季节。

六月十九日那一天的梅雨，下得比较大。

“看这雨势，明天能停吗？”太吉郎不时望着天空。

“爸爸，下雨我也不怕。”

“说是这么说，”父亲说道，“不过，天气不好的话……”

二十日这一天，雨还是沥沥淅淅，太吉郎对店员说道：“你

①鞍马寺，位于京都市左京区的寺院，鞍马弘教总本山。为鉴真和尚的高足鉴祯开创，信奉毗沙门天王、千手千眼观世音菩萨、护法魔王尊三身一体的“尊天”。每年六月二十日，该寺举行伐竹会。据说这是有千年历史的京都古老仪式，江户时代中期开始，将长 4 米、粗 10 厘米的青竹当作大蛇，头裹白巾的僧人分为左右两组，每组两人，左边为丹波座，右边为近江座，举行伐竹比赛，以占卜双方的农事丰收。现在是两组僧人在高僧的口令下，一起大声吆喝，挥舞厚刃山刀将青竹砍成五截，然后跑进正殿，决一胜负。

②鞍马寺的守护（镇守）社由岐神社于每年十月二十二日举行的火祭活动。在鞍马寺参道的中心点燃数处松木、冷杉木的火堆，同时当晚各家都要点燃篝火，孩子们手持火把在街心游行，由岐神社的神轿出巡，奏响神乐，声势壮观。

们把窗户、橱柜门关上。天气湿漉漉的，这样衣料会受潮的。”

千重子问父亲：“爸，不去鞍马寺了吗？”

“明年还有。今年就算了。你瞧这鞍马山，云雾缭绕……”

——现在参加伐竹会活动的不再是僧侣，而主要是村里人，称为法师。伐竹会事前准备，十八日这一天，就要把雌竹、雄竹各四根横着绑在正殿左右竖立的圆木上。雄竹去根留叶，雌竹连根带叶。

面对正殿的左面是丹波座，右面是近江座，这种称呼古已有之。

当天主持仪式的人，身穿古来传承的素绢服装，脚蹬武士草履，肩系束袖带，腰插二把刀，头缠五条袈裟弁庆白巾[①]，腰系南天竹叶，砍竹的山刀收在锦囊里。跟着引路人走向山门。

下午一点左右。

身穿十德服[②]的僧侣吹响海螺号，伐竹会正式开始。

两名男童齐声向管长[③]报告：“伐竹神事，庆贺之至。”

然后，男童分头走到左右两座赞颂：

“近江之竹精美。”

---

①五条袈裟弁庆白巾，袈裟的一种，用五条布料缝合起来做成的袈裟。这里指五条布料缝合起来做成的弁庆式白色头巾。弁庆，平安时代末期的僧兵，源义经的心腹。此人物在很多文艺作品中出现过。

②十德服，普通僧侣穿的法衣。服饰采用“直裰”方式，即将“褊衫”（上衣）与“裙”（腰衣）缝接在一起。此种法衣诞生于中国唐代之后，上半身是有双袖的法衣，下半身是腰衣，在腰部连接在一起。

③管长，佛教、神道中，支配一派的人。

“丹波之竹精美。”

伐竹开始，人们会先将捆绑在圆木上的粗大雄竹砍断，然后清理。较细的雌竹保留原样。

男童向管长报告：“雄竹试砍已毕。”

僧侣们进入正殿诵经。接着，撒落夏菊，以菊花代替莲花。

管长走下祭坛，打开扁柏骨扇子，举起放下了三遍。

“喝！”随着管长一声吆喝，近江、丹波两座各有两人出来将雌竹砍成三截。

太吉郎想带女儿去看这个伐竹仪式，由于雨天，正在犹豫不决之时，却见秀男腋下夹着包袱皮走进格子门。

秀男说道：“小姐的腰带终于织好了。”

“腰带？”太吉郎觉得奇怪，“是我女儿的腰带吗？”

秀男后退一步，跪坐下来，恭恭敬敬地手按榻榻米。

太吉郎随口问道：“是郁金香的图案吗？”

“不，是您在嵯峨尼姑庵里画的图样……”秀男非常认真地说道，“那一天，由于我年少轻狂，失言冒犯佐田先生了。”

太吉郎暗自一惊，说道：“哪里，我只是乘兴随笔，聊以自娱，被你点破，令我大悟，我应该感谢你才是啊。”

“那条腰带，我已经织好，现在带来了。”

“哦？”太吉郎大为惊愕，“那幅画稿，已经被我揉得皱皱巴巴的一团，扔到小河沟里去了。”

“您扔掉了？……是这样的啊。”秀男镇静自若、沉着从容地说道，“我看过一遍，就印在我的脑子里了。”

“不愧是生意人。”太吉郎的脸色立即阴沉下来，“秀男，我扔到小河里的图稿，你为什么要织出来呢？嗯？你为什么要织出来呢？”太吉郎又重复一遍，一股说不上是悲哀还是怨怒的情绪顿时涌上心头，“缺少心灵温柔的和谐，粗糙、病态的感觉——不是你说的吗？”

“……”

“所以，一走出你的家，我就把画稿扔到小河里了。”

“佐田先生，我再次请您原谅。”秀男又把双手按在榻榻米上，深深致歉，“我因为一直织的都是庸俗粗鄙的东西，弄得我疲惫不堪，心烦意乱。”

“其实我也是如此，待在嵯峨的尼姑庵里，清静倒是清静，可是只有一个年老的尼姑，白天也只是一个老太婆帮工，真的很寂寞，非常寂寞——而且，我的生意也日渐萧条，所以，你说的那些话，我觉得句句在理。我就是一个批发商，完全没必要画什么图案，尤其设计那种新颖艳丽的风格，可是嘛……”

“我也想了很多，尤其是在植物园见到小姐以后，又有很多考虑……”

“……”

“腰带，请您过目。您要是不满意，当场就可以用剪子剪断。”

“嗯。”太吉郎点点头，然后招呼女儿，“千重子！千重子！”

千重子正和掌柜一起在账房里，听见父亲的喊声，便起身走过来。

秀男浓眉有神，嘴唇紧闭，表情颇为自信，但是解开包袱皮的时候，手指尖微微颤抖。

秀男似乎觉得现在不便说什么，双膝转向千重子：“小姐，请你好好看看，这是按照令尊设计的图案织就的。”说罢，秀男也没有打开卷带，直接递给她，显得相当拘束。

千重子轻轻地拿着带子的端头，慢慢解开，说道：“啊，爸爸，这是您从克利画集获得的构思灵感吧，在嵯峨的时候……”然后她放在膝盖上，感慨道：“哎呀，太好了。”

太吉郎苦涩着脸，没有吭声。但想到秀男看一眼画稿就把图案牢记心中，心里委实吃惊。

“爸爸……”千重子发出由衷喜悦的声音，“真美啊！好漂亮的腰带！”

“……”

千重子摸了摸腰带的质地，对秀男说道：“织工非常精美。”

“嗯。”秀男低下脑袋。

“我现在把整条腰带打开看看，可以吗？”

秀男回答道：“好。”

千重子站起来，在两人面前，把整条腰带展开，一只手搭在父亲肩膀上，仔细观赏。

“爸爸，谢谢您。”

“……”

“爸爸，您觉得怎么样？”

“真的漂亮吗？”

“嗯。谢谢爸爸。”

“再仔细看看。”

“图案花色新颖，虽然要看配什么样的和服……可是，真的很漂亮。”

“是吗？你要是满意，也应该谢谢秀男啊。”

“秀男先生，多谢您了。”千重子在父亲身后，膝跪榻榻米上，低头致谢。

“千重子。”父亲说道，“你觉得这腰带有一种和谐的情调吗？心灵的和谐……”

“嗯？和谐？”千重子被问得措手不及，又仔细审视腰带，说道，“要说和谐，得看穿什么样的和服和什么样的人穿……其实，当下故意打破和谐的装束打扮很是时尚流行啊……”

“嗯。”太吉郎点点头，“是这样的，我把这幅腰带的图案给秀男看的时候，他说缺少和谐感。所以啊，我出门以后，就把花样图扔到他作坊旁边的小河里去了。”

“……”

“可是，我刚才一看秀男织好拿来的腰带，竟然和我扔掉的图案分毫不差，虽然颜色、丝色略有不同……”

“佐田先生，请您原谅。”秀男双手按在榻榻米上，再次表示歉意，“小姐，在下不揣冒昧，能否请您将腰带系在腰间试看一下。”

“就系在这件和服上吗……”千重子站起来，把腰带系在腰间。

千重子的形象顿时熠熠生辉。

太吉郎的神色随之缓和下来。

秀男两眼闪闪发光：“小姐，这是令尊的大作啊！”

祇园祭

千重子手提大篮子，走出店铺。她要经过御池通，往北去麸屋町的汤波半。但是，仰望天空，只见睿山至北山之间，笼罩着火焰般的晚霞，于是在御池通停下脚步，观看天色。

夏天昼长，晚霞出来得也早，天色就显得多彩绚丽，把天空染成一片耀眼的火红。

“天空的颜色竟然这么美，我是第一次看见。”

千重子掏出小镜子，在明亮的彤云彩霞映衬里，照见自己的面容。

“忘不了，这一辈子也忘不了……人啊，也许就是看自己的心情吧……”

睿山和北山在这一片霞光的掩映下，呈现一色的湛蓝。

汤波半是制作豆腐皮的老店，牡丹豆腐皮、八幡卷等各式各样的豆腐皮琳琅满目。

“小姐，您来啦。因为祇园祭，忙得不可开交，忙不过来，也就是您这样的老主顾才接待，请您多担待。”

这家店铺，平时只接受订货制作。在京都，有的点心店也采取这样的销售方式。

“祇园祭吃的吧？一向承蒙关照。”汤波半的女店员将豆腐皮满满地装进篮子里。

所谓“八幡卷”，和鳗鱼八幡卷的做法一样，就是用豆腐皮包裹牛蒡。而“牡丹豆腐皮”类似炸豆腐丸子，将银杏包裹在豆腐皮里。

这家汤波半老店，具有二百多年的历史，在“砰砰烧”火灾中得以幸存下来，后来做了一些修缮……例如小天窗安装了玻璃，制作豆腐皮的仿炕式炉灶改成砖砌。

“以前烧炭，生火的时候，炭灰扬起，星星点点落到豆腐皮上，所以现在改成烧锯末。”

“……”

每口锅都被四方形的铜板隔开，一字儿排开。等豆腐表面的皮略微发硬的时候，便用竹筷很巧妙地挑起来，摊在锅上面的细竹竿上凉干。细竹竿上下几层，随着豆皮的干湿程度，逐渐向上转移。

千重子走到作坊里面，把手放在古老的柱子上。和母亲一起来的时候，母亲总喜欢抚摩这年头悠久的大黑柱。

千重子问道："这是什么木头？"

"扁柏。长得又高又直……"

千重子抚摩过这大黑柱子的苍老沧桑，然后走出店铺。

千重子回家路上，排练祇园祭的鼓乐声逐渐清晰响亮起来。

远道而来看热闹的人们往往都认为祇园祭从七月十七那天的彩车游行①开始，最多就是十六日晚上的宵山②前夜祭。

其实，七月整整一个月都举行祇园祭的祭庆活动。

七月一日，各地会所举行吉符入③，这一天开始鼓乐奏鸣。

按惯例，载着男童的大长刀彩车每年都要打头，其他彩车的排列顺序，在七月二日或三日，在市长见证下，抽签决定。

彩车一般在前一天准备完毕，第二天，七月十日，举行"御舆洗"仪式，也就是正式祭庆活动的开始。所谓"御舆洗"，就是在鸭川的四条大桥，用鸭川的水洗净彩车，当然不是真正水洗，而只是神官用杨桐枝蘸水，洒在彩车上。

十一日，男童参拜祇园神社。这是乘坐大长刀彩车的男童。

①彩车游行，在山形车台上装饰有矛戈、长柄大刀等的祭礼彩车在外面游行。
②宵山，在本祭的前一两天夜晚，主要街道张灯结彩，摆设许多摊位。
③吉符入，参加祇园祭彩车游行的人员在町会所集合，请八幡神社的神职人员做法事，祈祷祭庆活动平安无事，圆满成功，然后商量安排日程。

他骑着马，头戴立乌帽子[①]，身穿水干[②]，侍从跟随，领受五位[③]之职。高于五位的称为殿上人[④]。

以前神佛相混，男童左右还列有儿童，分别扮演观音菩萨和大势至菩萨。另外，男童被神授予爵位，所以人们也认为男童会与神成婚。

水木真一小时候曾当过“男童”，他说：“真奇了怪了，我是男孩子啊。”

另外，男童还必须“别火”，就是说，男童吃的东西要另煮，不能与家里人用同一个“火”煮东西吃。这是净身。不过，现在不太讲究了，只是男童吃东西用的火需要用火镰打一下。听人说过，如果家里人忘记打火镰，扮演男童的孩子会提醒说“打火镰，打火镰”。

彩车巡游不止一天，所以男童也很辛苦，还必须到彩车街致意。祭祀活动和男童都需要几乎一个月的时间。

七月十七日彩车巡行固然热闹，但京都人似乎更喜欢品味

①乌帽子是平安时代至近代成年男性穿和服礼服时的帽子，起初薄绢制作，后改为涂黑漆纸制。依不同身份，乌帽子形状不一，有严格规定。其中使用薄布制作、用五倍子涂黑，能揉软折叠的称为“揉乌帽子”。帽檐立起来、不能折叠的称为“立乌帽子”。

②水干，平安时代的男性普通服装，是“狩衣”的简易化便服。平安时代后期开始逐渐演变成和服。

③“五位”称为“大夫殿”。由于长期侍奉主君，后来终于被授予爵位，成为“五位侍”，在主君的宅邸里拥有自己的侍所，身居“下层贵族”之列（六位以下不属于“贵族”），是最低的“殿上人”。

④殿上人，准许上清凉殿内殿的人，属于贵族。

前夜祭宵山的情趣。

前夜祭的日子即将来临。

千重子的店铺也忙着准备拆卸外面的格子门。

千重子是京都姑娘，居住的批发店离四条通很近，又是八坂神社的氏子，对她来说，每年的祇园祭不算什么稀罕事。那只是京都炎热夏天的一个祭庆活动而已。

最让她怀念的是乘坐在大长刀彩车上真一的男童形象。一到祇园祭，一听到祇园祭的鼓乐声，一看到被许多灯笼围绕映照的大刀长矛，真一的男童形象就在她心里苏醒过来。那个时候，真一、千重子也就七八岁吧。

“女孩子中都没有见过这么漂亮的人。”

真一去祇园神社被授予五位少将爵位的时候，千重子也跟着去观看；彩车在街内巡游的时候，千重子也跟在后面到处转。当男童真一带着两个随从来到千重子的店铺致意，叫喊“阿千、阿千”的时候，她满脸通红地注视着真一。那一天，真一化了妆，抹了口红，而千重子却是一脸日晒的黑红。因为那时千重子穿着红色扎染的三尺腰带系着的浴衣，将红格子门上的折叠长凳[①]放下来，正和附近的孩子们一起点燃烟花玩耍。

①折叠长凳，京都老式商铺的正面格子门下面附设的折叠式长椅，宽约 1.5 米，颜色与门基本一致。平时放上去，与门合为一体，需要的时候放下来，主要用于商店摆放样品，也供人们休息，小孩游戏。但现在这种折叠椅很少使用。

如今，每当千重子想到真一，他就出现在祇园祭的鼓乐声中、彩车的灯光里。

晚饭后，母亲对千重子说道：“千重子，去看宵山吗？”

“妈，你去吗？”

“一会儿来客人，我出不去。”

千重子走出家门，走路很快。四条通一带人山人海，根本走不动。

但是，千重子对祇园祭非常熟悉，三条院哪里有什么样的彩车，哪条胡同有什么样的彩车，都了然于心，所以很快就转了一圈。祇园祭果然热闹非凡，光彩夺目。各个彩车上的鼓乐声也响亮悦耳。

千重子来到御旅所[①]前面，要了一支蜡烛，点燃，供在神前。祇园祭期间，八坂神社的神也接到御旅所。御旅所位于从新京极出四条附近的南侧。

千重子在御旅所看到一个“七次回”的姑娘。从她的后背，一见便知。所谓“七次回”，就是参拜后离开御旅所的神前走出去，可以没走多远，又折回来再次参拜，这样反复七次。在“七次回”期间，即使遇见熟人，也不能开口说话。

“嗯？”千重子觉得这个姑娘眼熟，好像在哪儿见过，在她的影响下，千重子也开始“七次回”参拜。

---

①御旅所，祭祀活动期间，神轿在途中临时停放的地方。

姑娘出门往西走，很快又回到御旅所，千重子则往东走，再返回。然而，姑娘的参拜要比千重子虔诚，时间也长。

姑娘的七次参拜好像已经完毕，千重子每次参拜完出门时间比她短，所以差不多也是同时参拜完毕。

姑娘目不转睛地盯着千重子。

“好像见过。”姑娘的声音微微颤抖。

“我想知道我的姐姐在哪里，今天是来求神的。你……就是我的姐姐，是神灵的意志让我们在这里相会的。”姑娘泪流满面。

她就是北山杉村子的那个姑娘。

御旅所上挂着一排灯笼，点燃着参拜者奉献的蜡烛，在神前耀眼闪亮。然而，姑娘毫不在意这明亮的烛光，倒是灯笼的亮光闪烁在她的泪珠里。

千重子的心头涌上一股强烈的激动情绪，但是她狠心强压下去，说道：“我是一个独生女，没有姐姐，也没有妹妹。”

然而，她面色苍白。

北山杉姑娘呜咽抽泣。“我明白了。小姐，请您原谅。请您原谅。”姑娘反复道歉，“姐姐，我从小就一直想念姐姐，每时每刻，今天弄错人了，实在对不起……”

“……”

“我是双胞胎，另一个，不知道是我的姐姐还是妹妹，一直下落不明……"

"我们只是偶然相似，没有亲缘关系。"

姑娘点了点头，泪如雨下，掏出手绢，一边擦泪水一边问道："小姐，是在哪里出生的？"

"就是附近的批发街。"

"是吗？那您今天求神，祈祷什么愿呢？"

"父母亲的幸福、安康。"

"……"

千重子问道："你父亲是做什么的？"

"他年轻时……是在北山给杉树打枝的，听村里人说，有一次，从一棵树跳跃到另一棵树的时候，不小心摔下来，而且摔的部位很不好……那时我刚出生，什么也不知道……"

千重子心中感到震撼。

——自己喜欢去那个村子，喜欢看北山美丽的杉树林，难道不是父亲之灵在冥冥中召唤自己吗？

而且，这个山里的姑娘说自己是双胞胎。自己的亲生父亲在杉树枝头跳跃到另一棵树的时候，一心想着要遗弃双胞胎中的一个女儿，才分散精神失手掉下来的吗？肯定如此。

千重子的额头沁出冷汗，四条通大马路上川流不息的脚步声、祇园的鼓乐声，仿佛都寂然远去，无声无息。她眼前开始发黑。

山里的姑娘手搭在千重子的肩膀上，用手绢为她擦去额头的汗珠。

“谢谢。”千重子取过手绢，擦了一把脸，然后无意识地将手绢揣进自己的怀里。

千重子小声问道：“你母亲呢？”

“母亲也……”姑娘欲言又止，“我出生的地方，好像是比那个北山杉村子更深处的深山，那是母亲的老家，可是母亲她也……”

千重子不再问下去。

来自北山杉村子的姑娘流的当然是喜悦的泪水。流过泪，姑娘容光焕发。

与她相比，千重子心乱如麻，僵硬伫立，甚至感觉双脚哆嗦，仿佛马上就坚持不下去了。而支撑她不倒下去的力量，似乎来自这个姑娘的强健与美丽。千重子不会像姑娘那样袒露喜悦之情，她的眼睛深处渗透出忧愁的情绪。

今天、今后，该怎么办？就在她茫然迷惘的时候，听见一声“小姐”，看见那姑娘伸出右手。

千重子握住她的手。这是一双粗糙的手，与千重子的细皮嫩肉无法相提并论。然而，姑娘似乎丝毫不在意，紧紧握住千重子的手，说道：“小姐，再见。”

“嗯？”

“啊，我很高兴……”

“你叫什么名字？”

“苗子。”

“苗子，我叫千重子。”

“我现在当佣工。小村子，一说苗子，谁都知道。”

千重子点了点头。

“小姐，祝您幸福。”

“谢谢。”

“今天晚上见面的事，对谁也不要说。发誓。知道这事的，只有祇园祭的御旅所。”

虽说是双胞胎，但苗子知道两人的身份过于悬殊，所以才这么说的吧。千重子想到此，说不出话来。可是，被遗弃的，难道不是自己吗？

“再见，小姐……”苗子又说一遍，“趁着别人没发现我们之前……”

千重子觉得心里难受：“我家的店，就在附近。苗子，从我家店门前走过一下，可以吗？”

苗子摇摇头，说道：“您家里人……”

“家里人？就父亲和母亲……”

“不知道为什么，我一下子就有这种感觉，您有人疼爱，又有很好的教养。”

千重子拉着苗子的衣袖："别老站在这里。"

"是啊。"

接着，苗子转身朝向御旅所，再次恭恭敬敬地参拜。千重子也连忙跟着参拜。

"再见。"苗子说了第三遍。

"再见。"千重子回答。

"还有很多话想和您说，有机会到村里来，咱们到杉树林里，谁也不会发现。"

"好的。"

两人不知不觉地往人流如潮的四条大桥方向走去。

八坂神社的氏子非常多。宵山、十七日的彩车巡游结束以后，还有后祭[①]。所有的店铺完全敞开，店面展示各种屏风。屏风画有早期的浮世绘[②]、狩野派[③]、大和绘[④]、宗达[⑤]的一对屏风等，

①后祭，正式祭祀活动结束以后的第二天，将祭祀的供品撤下饮食，也称后宴。

②浮世绘，日本的风俗画，版画。江户时代兴起的一种独特的民族艺术。主要以现实社会的风俗为题材，描绘人们日常生活、风景和演剧，形成一个流派。浮世绘形式有两种：木版画和肉笔画。前者是刻制印刷而成，后者是手绘而成。

③狩野派，日本绘画史上最大的画派，以室町幕府的御用绘师狩野正信为始祖，活跃于室町时代中期（15世纪）至江户时代末期（19世纪）约400年间，是以亲子、兄弟等血缘关系为主轴的职业画家集团，和权力者结合，雄踞画坛中心。

④大和绘，平安时代，国风文化时期发达，日本创作以日本的故事、人物、事物、风景为主题的绘画。代表作有《源氏物语绘卷》等。

⑤即俵屋宗达（生卒年不详），活跃于安土桃山时代到江户时代初期（17世纪前后）京都的画坛。擅长装饰画。

浮世绘作品中也有南蛮屏风[1]，在风雅的京都风俗中也描绘外国人的形象。就是说，通过这些屏风画展示京都町人（商人）的兴盛发达的气象。

如今这些景象还保留在彩车上，其中也使用舶来的中国绸缎、哥白林织锦、毛织物、织花锦缎、葛丝刺绣等，在桃山时代华丽妖艳的风格中融入异国之美。

彩车内部，有时也请名家绘画装饰，据说彩车立柱上可以见到，还有在立柱顶端上绘有如朱印船[2]的桅杆等。

祇园祭鼓乐，乍一听，就是“叮咚叮咚锵”，其实有二十六种打法，据说与壬生狂言[3]中的演奏乐、宫廷雅乐相似。

宵山前夜祭，这些彩车在一排灯笼的装饰下，大放异彩，鼓乐齐鸣。

四条大桥以东，虽然没有彩车，但依然热闹非凡，一直延续到八坂神社。

两人来到大桥附近时，千重子被潮水般涌动的人流挤得落后了苗子几步。

“再见。”苗子说了四次，千重子踌躇不定，是在这里就和她分手呢，还是带她从店铺前经过呢，抑或走到店铺附近给她指点

①南蛮屏风，安土桃山时代至江户时代初期以描绘葡萄牙人来日为主题的风俗屏风画。

②朱印船，江户幕府时代，经幕府批准，允许进行海外贸易的特许船只。因持有幕府签发的“朱印状”（红印盖章的许可证），故称“朱印船”。

③壬生狂言，日本每年4月21日在京都壬生寺演出10天的一种戴有假面的哑剧。

一下位置呢？对于苗子，千重子的心头涌上一种亲切的暖流。

即将走过大桥的时候，她听见有人喊苗子：“小姐，千重子小姐！”

走过来的是秀男。原来秀男认错人了，把苗子当成千重子：“来看宵山啊，就一个人吗？”

苗子停下脚步，但是她没有回头看千重子。

千重子迅速躲藏到人后。

“嗯，今天天气不错……”秀男对苗子说道，“你看星星，明天也应该是好天气……”

苗子抬头望天，不知如何回答。当然，苗子不认识秀男。

秀男又说道：“前些天，对令尊太失礼了。那条腰带还可以吗？”

“嗯。”

“令尊后来没有生气吧？”

“嗯。”

苗子对其中的原委一无所知，只是不由自主地随口应承。

但是，苗子没有朝后面寻找千重子。

苗子有点儿疑惑，如果千重子觉得应该和这个年轻的男人见面，她会主动走过来说话的。

这个男人前额有点儿大，端着肩膀，两眼发直，但苗子看得出来他绝不是坏人。既然他说到腰带，估计是西阵的织匠。

长年累月坐在高机前织布，身体形态多少会发生变化。

秀男说道：“我也是年轻不懂事，对令尊的图案说三道四，后来一个晚上没睡，一直在思考，最后还是织出来了。”

“……”

“你能不能系一次让我看看。”

“嗯。”苗子的回答含含糊糊，不置可否。

“怎么样？”

大桥上面，不像大马路那么明亮，熙熙攘攘的人群把他们挤开隔断，苗子觉得奇怪，这个人居然还会认错人。

双胞胎如果在一个家里完全相同的环境里长大，也许难以分辨出来，但是千重子和苗子的生活地方、成长环境截然不同。苗子心想，也许这个年轻人是一个近视眼。

“我想设计一个图案，倾注全部精力，给千重子小姐织一条腰带，作为小姐青春时代的纪念，可以吗？”

“嗯，谢谢。”苗子支支吾吾。

“在祇园祭的宵山，能遇见小姐。这无疑就是神助，神的力量也许能化在腰带里。”

“……”

苗子只能这样认为：千重子不想让这个男人知道她们是双胞胎，所以她不会出现在他们的面前。

“再见。”

苗子的话让秀男感觉有点儿意外，但是他还是回答："嗯，再见。我为你织一条腰带，这可以吧？赶在你观赏红叶之前织好……"秀男叮嘱一番，然后离去。

苗子回头寻找千重子，却没有找到。

对于苗子来说，刚才遇见的年轻男人、刚才男人所说的腰带，都与自己无关，只有在御旅所前面与千重子相会谈话才真正是神赐予的恩典，她为此感到高兴。她抓着大桥栏杆，看着水中灯光的倒影。

过了一会儿，她朝桥头方向慢悠悠走去。她打算走到四条通尽头的八坂神社参拜。

走到桥当中的时候，苗子看见千重子和两个年轻的男人在谈话。

"啊！"

苗子不由自主地低声叫出来，但是她没有走近前去。

她有意无意间偷偷观察这三个人。

千重子心想，苗子和秀男方才究竟谈了些什么。显而易见，秀男认错了人，苗子怎么应对秀男的话题呢？她一定穷于应答吧。

千重子要是走过去，那什么事都没有。但是，她不能走过去。不仅如此，当她听见秀男叫苗子"千重子小姐"的时候，她立即迅速地躲在人群中。

为什么要这样呢?

在御旅所前面遇见苗子，千重子的心灵震撼远比苗子剧烈。苗子早就知道自己是双胞胎，现在只是在寻找另一半，而千重子做梦也没有想到，极其震惊。这事来得过于突然，苗子见到千重子心头高兴，但千重子高兴不起来。

另外，她从苗子嘴里第一次知道，自己的亲生父亲从杉树上摔落下来死去，自己的亲生母亲也早已过世，心头无比疼痛。

以前只是耳闻左邻右舍的闲言碎语，知道自己是一个弃儿。但是，自己尽量不去想究竟是什么样的父母把自己遗弃的。因为想也想不明白。更何况太吉郎和繁如此疼爱自己，厚待自己，也就没有了追究的必要。

今晚在宵山，听了苗子的讲述，对千重子来说，未必意味着幸福。但是，对苗子这个姐妹，一种真切亲热的爱意油然而生。

“她有一颗纯真的心灵，她勤劳能干，她有一副壮硕健康的体格。”千重子自言自语道，“也许，什么时候，会成为我的依靠……”

她稀里糊涂走上大桥的时候，听见真一在叫自己:“千重子，千重子！”

“你想什么呢，一个人，心神不定的样子，脸色也不好。”

“哦，是真一啊?”千重子一下子回过神来，“真一以前扮演过男童，坐在大长刀彩车上，好可爱啊。”

“那时候可辛苦难受了。不过，现在回忆起来，觉得挺怀念的。”

真一带着一个伴：“这是我哥哥，在读硕士。”

真一的哥哥，长相与弟弟相似，对千重子很随意地低头致意。

“真一小时候，胆小懦弱，可是长得很可爱，像女孩子一样漂亮，所以就让他当男童，一个大傻蛋！”哥哥大声笑起来。

走上大桥当中的时候，千重子看着真一哥哥粗犷的脸庞。

真一说道：“千重子小姐，今天晚上你脸色苍白，好像有什么悲伤的心事。”

“站在桥当中，灯光照的。”千重子说罢，停下脚步，“今晚宵山，人山人海，熙熙攘攘，你怎么就觉得我一个姑娘有什么伤心事？”

“这样可不行。”真一轻轻将千重子推向大桥栏杆，“你在栏杆上靠一会儿吧。”

“谢谢。”

“江面也没什么风……”千重子把手贴在额头上，微闭两眼，“真一，你当男童乘坐在彩车上的时候多大？”

“嗯……算起来，大概七岁吧。我记得是上小学的前一年……”

千重子点了点头，但没有说话。额头和脖颈渗出冷汗，她想擦汗，手伸进怀里，一摸，是苗子的手绢。

“啊！”

这块手绢有点儿湿，是苗子的泪水濡湿的。千重子握着手绢，犹豫着是否掏出来，于是在掌心里团成一团，拿出来轻轻擦拭额头。一种催人泪下的感觉。

真一一脸疑惑惊讶，他知道，就千重子的性格而言，她不会把手绢揉成皱皱巴巴地塞进怀里的。

“千重子，是不是很热？身上没有发冷吧？要是得了热感，很麻烦，早点儿回去吧……我送你回去。是吧？哥哥。”

真一的哥哥点了点头，他刚才一直看着千重子。

“就在附近，不用送……”

“正因为离得近，更要送……”真一的哥哥语气坚决。

三个人从大桥上往回走。

千重子问道：“真一，你当男童乘坐的彩车巡游的时候，我一直在后面跟着走，你知道吗？”

真一回答道：“记得，记得。”

“那时候真是小孩子。”

“是很小。我当男童，在彩车上，不能东张西望，否则就没有规矩，太不像话了。可是，我还是发现有一个女孩子一直跟在后面，一定很累吧，真了不起……”

“还是太小了，不懂事。”

“说什么呢。”真一没有接话，觉得今晚的千重子情绪不对，感到迷惑。

他们把千重子送回家，真一的哥哥对千重子的父母亲非常客气谦恭地致意。真一只是静静地站在哥哥身后。

太吉郎正在里屋和一个客人喝酒，其实只是作陪而已。繁在一旁伺候，一会儿站起来，一会儿坐下来。

“我回来了。”

母亲说道：“你回来了啊。挺早的嘛。”

千重子对客人很有礼貌地致意。

“妈，我回来晚了，没能帮上忙……”

“没事，没事。”母亲对千重子使了个眼色，便一起走进厨房，让她把烫好的酒壶拿出去。

“千重子，你好像心神不定的样子，是不是有什么心事，他们送你回来的吧？”

“是的。真一和他的哥哥……”

“是吧，看你脸色不好，走路也不稳。”繁用手摸了摸千重子的额头，“好像没有发烧，心情不好吗？今晚有客人在，你就和妈妈一起睡吧。”说着，母亲很温柔地抱着千重子的肩膀。

千重子两眼噙泪，忍着不让眼泪滴落下来。

“你先上二楼里屋休息吧。”

“好，谢谢妈……”母亲的慈爱关怀，让千重子的心情舒缓平静下来。

“你爸爸也因为客人来得少，感觉有点儿冷清，不过吃完饭的时候，来了五六个……”

千重子把酒壶端出去。

“已经喝得很多了，这是最后一壶。”

千重子给他们斟酒，手在发抖，连忙左手也放上去，双手握壶，还是有点儿抖。

今天晚上，中庭的基督像灯笼也点上了蜡烛，隐隐约约映照出枫树老木小孔里的两株紫花地丁。

紫花地丁的花儿已经凋谢，这上下两小株紫花地丁不是正像千重子和苗子吗？它们似乎无法相逢，然而，今天晚上，不是相逢了吗？在幽暗的微明中，千重子注视着这两株紫花地丁，又一次热泪盈眶。

太吉郎也察觉到千重子今晚心里有事，时不时地瞟她一眼。

千重子轻轻站起来，走上二楼。自己的卧室里总放着临时来客使用的被褥。千重子从壁柜里取出自己的枕头，钻进被窝里。

她抽抽搭搭哭泣起来，为了不让别人听见，把脸贴在枕头上，双手抓着枕头的两端。

母亲走上来，看见千重子的枕头濡湿一片，便拿出一个新枕头给她，说了句“喏，一会儿再来”，然后立即走下楼去。在楼梯口，她停下脚步，回头看了一眼，却没有说话。

房间里没有铺过三床被子，但铺过两床，这是千重子的卧室。今晚，大概母亲想和千重子睡一个被窝。

夏天盖麻布薄被，母亲和千重子的两床薄被整整齐齐地叠放在角落里。

繁事先已经为千重子铺好被褥，看似理所当然的事情，但千重子从中感受到慈母的仁爱心肠。

于是，千重子收回泪水，心头沉静下来。

“我就是这个家庭的孩子。”——她一直是这么坚定认为的。

但是，今天见到苗子，她心绪紊乱，难以克制。

千重子走到梳妆镜前，端详脸蛋，想补一点儿淡妆，但还是放弃了。她拿起香水瓶，在被窝上轻轻洒一点儿，然后系紧伊达腰带[①]。

躺下去以后，她还是久久未能入睡。

“不知道苗子有没有对象……”

一闭上眼睛，中川村（町）美丽的杉树山就浮现在眼前。

从苗子的话中，千重子已经大致知道亲生父母的情况。

“把这件事告诉这个家里的父母，合适吗？还是不告诉他们好呢？”

养父母也许根本就不知道千重子的出生地以及千重子亲生父母的状况。

①伊达腰带，女性系在宽腰带里面的窄腰带。

想到自己的亲生父母已经不在人世了，千重子没有流泪。

她听见街上传来的祇园祭的鼓乐声。

楼下的客人好像是近江长滨一带的绉绸商，有点儿喝高了，说话的嗓门也就随之大起来，时不时传到千重子躺卧的二楼里屋来。

客人高谈阔论，固执认为彩车行列从四条通经过最近拓宽的现代化城镇河原町，再拐弯到“疏散公路”① 的御池通，同时在市役所前面设置看台，这完全就是为了“观光”的目的。

以前都是从京都风格的狭窄街道通过，虽然有时候会损坏一点道路两旁的房屋，但极具浓郁的京都情调，还可以在二楼拿到“粽子”②，而现在是自己包“粽子”。

四条通倒没什么，一拐进狭窄的道路，彩车下方就难以看到。这个不错。

太吉郎不急不躁地反驳道，道路宽敞，可以看见彩车的全貌，这个更好。

千重子躺在被窝里，也能听见彩车的大木头车轮在路面上转动的嘎吱嘎吱声。

---

①疏散公路，“二战”时，为防止空袭造成的火灾，将建筑物隔离开来而修建的道路。

②这里的“粽子”不是食品，而是用竹叶制作的类似粽子形状的护身符，挂在门口，用以祈求祛病消灾，平安生子，延年益寿。祇园祭的重要活动之一，从巡行的彩车上扔“粽子”，所以有的在二楼也能得到，但由于抢“粽子”人多，出现伤人事故，后来就停止扔“粽子”。现在都是在彩车、会所、八坂神社里销售“粽子”。

客人今晚似乎睡在隔壁的房间。千重子打算明天把从苗子那里听来的一切事情告诉父母亲。

北山杉的村子全部都是私人经营企业，但并非所有的家庭都是山林的所有者，拥有山林所有权的人家很少。千重子心想，自己的亲生父母就是被山林所有者雇用干活的。

苗子本人也说自己是“佣工”。

二十年前，为父母者生下双胞胎，不仅感到羞耻，而且也难以养活，考虑到以后的生活，只好将千重子遗弃。

——千重子有三个问题忘记向苗子打听：千重子是弃婴，她还是婴儿的时候，为什么遗弃的是千重子而不是苗子呢？父亲从杉树上摔下来，苗子说她那时“刚出生”，究竟是她多大的时候？……另外，苗子说母亲的老家，在“比那个北山杉村子更深处的深山”，那是什么地方？

苗子认为，被遗弃的千重子与自己“身份悬殊”，所以自己绝不可能主动来找千重子。这样的话，如果千重子想和苗子谈话，只能自己亲自前往北山杉村子。

但是，千重子似乎不能瞒着父母亲去找苗子。

千重子曾多次阅读过大佛次郎的《京都的诱惑》[①] 这本名著。

①大佛次郎（1897—1973），大正、昭和时代的小说家。艺术院会员。代表作有《鞍马天狗》《回乡》《巴黎燃烧》等。《京都的诱惑》是其随笔集。

其中有这样一段文字浮现在她的脑子里:“用以加工成北山圆木的杉树植林绿色的枝梢如层云般重重叠叠，与赤松树干明亮而细腻地交映生辉，整座山岭的树林送来优美的歌声……”

成排的群山、连绵不断的音乐、树木的歌声要比祇园祭的鼓乐、祇园祭的喧闹更能打动千重子的心，仿佛通过北山的多道彩虹，这音乐、歌声传递到千重子的耳朵里……

千重子的悲哀得到缓解。也许本来就不是悲哀，而是与苗子的邂逅而产生的惊讶、疑虑、困惑。但是，作为女儿，这应该是令人感动落泪的命运安排。

千重子翻了个身，闭着眼睛，倾听山里的歌声。

她心想:苗子那么兴高采烈，为什么自己如此失落迷茫呢?

不大一会儿，父母亲陪着客人走上二楼。

父亲对客人说道:“那您休息吧。”

母亲把客人脱下的衣物折叠好，然后走过来，打算折叠父亲脱下来的衣物，千重子说道:“妈，我来叠。”

“你怎么还没睡?”母亲让千重子叠衣服，自己躺下来，开心地说道:“好香啊！到底是年轻人……”

近江的客人，可能喝多了，隔着隔扇，很快就能听到他的鼾声。

“繁。”父亲在隔壁房间的被窝里叫喊妻子，“是不是有田想让他的儿子进我们店里来？”

“是当店员——职员吗？”

“千重子的上门女婿……”

“别说了，千重子还没睡呢。”繁想阻止他说下去。

“我知道。你问问千重子，好吗？”

“……”

“有田的二儿子，已经来店里办过好几次事了。”

“我不太喜欢有田这个人。”繁压低声音，但口气坚决。

千重子的山里音乐消失得无影无踪。

“我说，千重子……”母亲翻身对着千重子。千重子睁开眼睛，但没有回答。寂静。一会儿，千重子的脚丫上下重新交叠，一直不肯说话。

“我觉得，有田大概想要这个店面。”太吉郎说道，“而且他知道，千重子长得漂亮，是个好姑娘……他是我们的老客户，对我们的买卖十分了解。大概有人把店里的情况泄露给他了吧。”

“……”

“不论千重子多么漂亮，我根本就没想过，拿女儿的婚姻做生意的筹码。那样的话，要得罪神灵的。”

繁说道：“是这样。”

“我的性格，不适合做生意。”

“爸爸，我让你把保罗·克利的画册带去嵯峨的尼姑庵，对不起，请原谅。”千重子坐起来，向父亲道歉。

“什么呀，那是父亲的乐趣，是父亲的消遣。现在也是父亲生活的价值……”父亲稍稍低下头说道，“虽然父亲也没有绘画图案的才能……”

“爸爸。”

“千重子，我想，把这个批发店卖掉，虽然西阵也可以，还是在南禅寺或者冈崎附近找一个幽静的地方安个小家，我们两个专门设计和服、腰带的图案。你看怎么样？你能忍受得了贫困吗？”

“贫困，我一点儿也不在乎……”

“是嘛。”父亲没有继续说下去，好像很快就睡着了。千重子无法入睡。

可是，第二天，千重子很早就醒过来，将店铺前面的街道打扫干净，擦拭格子门和折叠长凳。

祇园祭还在持续。

十八日是“后山建”①，二十三日以后是“后祭”的宵山、屏风祭，二十四日是“彩车游行”，还有“奉纳狂言”②，二十八日

①后山建，将从仓库里取出来的彩车部件用粗绳子捆绑组装，不用钉子，这是传统的组装技法。
②奉纳狂言，在八坂神社的能乐舞台演出狂言，向神供奉。

是“御舆洗”，然后送回八坂神社，二十九日“奉告祭”[1]，所有神事才算结束。

有几辆彩车从寺町通过。

这几乎一个月的祇园祭，千重子都是在神不守舍中度过的。

①奉告祭，向神佛报告祇园祭神事活动结束。

秋　色

沿着堀川行驶的北野线电车，应该是明治“文明开化”残留至今的遗迹，不过也终于被决定拆除。这是日本最古老的电车。

众所周知，千年古都最早引进了西方的一些新鲜事物，原来京都人还有如此开放的一面。

可是，这个老朽的铛铛电车[1]能够运营到今天，其本身也许就是古都依然存在的证明。车身自然狭窄，乘客相对而坐，几乎触膝。

然而，一旦要拆除，也许因为恋旧，人们就在车身上装饰各色各样的假花，称之为“花电车”。而一些乘客也故意穿上年代遥远的明治时代的风俗衣物打扮，借此向市民们广而告之一个时代的结束。这大概也是一个祭庆活动吧。

①铛铛电车，市区的老式有轨电车通称。因售票员与司机保持联系而拉绳响铃的声音而得名。

接连几天，很多并不是必须坐车的人们都拥进车厢，弄得老电车满员超载。还有人撑着阳伞。因为正是七月大夏天。

京都的夏天比东京炎热，现在东京很少有人打着阳伞走在街头。

太吉郎在京都站前正要乘上花电车，有一个中年妇女故意躲在他身后，掩嘴忍笑。说起来，太吉郎也具有明治人的特点。

太吉郎上电车的时候，才发现这个中年妇女，显得有点儿窘迫，说道："怎么？你没有明治人的资格吗？"

"我离明治很近，而且我家就在北野线上啊。"

"是吗？是这样的啊？"

"什么叫是这样的啊？你这人真没良心……难道这还想不起来吗？"

"还带着这么可爱的孩子……你都躲到哪里去了？"

"你这人真浑……你不是知道不是我的孩子吗？"

"嘿，这我可不知道。女人嘛……"

"你胡说些什么啊！男人才这个样子……"

这个妇女带着的姑娘，白皙洁净，甜美可爱，十四五岁的样子。身穿和服单衣，系着红色细腰带。姑娘显得腼腆羞涩，像是躲避太吉郎似的，坐在女人身边，闭着嘴唇。

太吉郎轻轻拽一下中年妇女的衣袖。

女人说道："阿千，你坐中间来。"

三人沉默片刻，女人隔着姑娘的脑袋，对太吉郎耳语道：“我想把这孩子送到祇园当舞伎。”

“谁家的孩子啊？”

“附近开茶馆家的。”

“哦。”

“说不定有人以为是咱俩的孩子呢。”女人用勉强听得见的声音自言自语。

“说什么呢？”

这个女人是上七轩①茶室的老板娘。

“她带我去北野天神神社②……”

太吉郎知道女人是开玩笑，问姑娘道：“你多大了？”

“初中一年级。”

“嗯。”太吉郎看着姑娘，“到下辈子再来找你吧。”

生活在烟花柳巷里的孩子，对太吉郎这种暧昧的话多少还是能听得懂。

---

①上七轩，位于京都市上京区一条花街。在室町时代重建北野天满宫时，剩余的建材用来修建7家茶店，称为“上七轩”。现在上七轩有10家茶屋，被指定为上京北野景观区。

②北野天神神社，现改名为北野天满宫，位于京都市上京区，主祭神是菅原道真。菅原道真（845—903）是平安时代的歌人、政治家。醍醐天皇时代官至右大臣，受左大臣藤原时平谗言，流放罪，贬至九州太宰府。死于流放地。死后京都接连发生自然灾害，以为是道真冤魂作祟。923年，恢复名誉。947年，在北野的朝日寺建造祭祀道真的神殿，原有的祭祀雷神的北野天神祠堂与神殿合为一体。道真现在被尊为“学问之神”。

太吉郎揶揄老板娘道："干吗要让她带着去天神神社啊？她不就是天神的化身吗？"

"是的，是的。"

"可天神是个男的……"

"已经投胎变成女的了。"老板娘一本正经地说道，"要是男的啊，现在他还要遭受流放之苦。"

太吉郎差一点儿笑出声来："女的？"

"女的，就是啊。女人嘛，要是遇见好男人，会受到疼爱的。"

"嗯。"

这姑娘如花似玉，无可挑剔，刘海乌黑，光泽照人，双眼皮，眉清目秀。

太吉郎问道："她是独生女吗？"

"不，还有两个姐姐。大姐明年春季中学毕业，可能会出来工作吧。"

"也像她这么漂亮吗？"

"那是啊，不过还是比不上她。"

"……"

上七轩现在没有一个舞伎。当舞伎，必须至少初中毕业，否则不允许。

太吉郎好像听说过，上七轩原先只有七家茶室，如今发展到二十家左右。

过去，也不是很早以前，太吉郎经常和西阵的织布商，还有外地的客户一起到上七轩吃喝玩乐。现在他的脑子里还会不由自主地浮现出当年那些女子的面容。那时候太吉郎的店铺也是生意兴隆。

太吉郎说道："老板娘坐这种花电车，也是赶时髦啊……"

"人最重要的是不忘旧情。"老板娘说道，"我们这样的买卖就是不能忘记老顾客……"

"……"

"今天我是送客人到车站回来，正好坐这趟电车……佐田先生，我倒觉得你有点儿怪，怎么就一个人出来坐车啊？"

"这个啊，怎么说呢？原本打算来看一眼花电车……"太吉郎歪着脑袋，"也不知道是怀念过去，还是觉得今天有点儿寂寞，所以就上了车……"

"寂寞？你这把岁数，还谈什么寂寞？要不要一起下车啊，看看年轻的姑娘……"

看来老板娘要把太吉郎带去上七轩。

老板娘直奔北野神社的神前，太吉郎紧跟其后。她在神前长久地恭谨参拜。姑娘也随着低头。

老板娘回到太吉郎身旁："还是放阿千走吧。"

"啊。"

"阿千，回去吧。"

“谢谢。”女孩子向两人致意后离去，逐渐变成一个中学生走路的样子。

“看来你对这个姑娘很满意啊。”老板娘说道，“再过两三年，就能出来当舞伎了，到时候再……你现在就耐心等待吧，准会出落成一个大美女。”

太吉郎没有回答，既然已经走到这里来了，就想进入神社看看里面宽敞的地方。不过，天太热了。

“到你那儿休息一会儿吧，有点儿累了。”

老板娘说道：“好，好，我一开始就是这么个打算，你也好久没来了。”

到了这家老旧的茶室，老板娘再次说道：“欢迎您啊。真是久违了。您躺下来吧，不是说很寂寞吗？找一个老实的姑娘陪您说说话……”

“以前的那个艺伎，就算了。”

就在太吉郎迷迷糊糊睡过去的时候，进来一个年轻的艺伎。她起先静静地坐着。新客人，大概不好伺候吧。太吉郎躺着发呆，也不想主动说话。艺伎大概为了讨好客人，活跃气氛，便说自己出道两年来，自己喜欢的客人有四十七个。

“这不刚好是赤穗义士[①]的数目吗？真有四五十人，现在想

①赤穗义士，指发生在江户时代中期的元禄赤穗事件。1703年1月30日，赤穗藩（位于今兵库县赤穗郡）的大石内藏助遂率领赤穗家臣共47人夜袭吉良宅邸，斩杀吉良义央，将其首级供在泉岳寺主君墓前，为主君复仇。幕府最后决定命令赤穗家臣切腹自尽。这起事件被搬上戏曲、电影等舞台。

起来，都觉得可笑……大家都笑话，这些人都害相思病了。”

听到这里，太吉郎完全醒过来，问道：“现在呢？”

“现在只有一人。”

这时候，老板娘走进来。

太吉郎心想，艺伎才二十来岁，和客人又没有什么深交，真的就能记住“四十七人”吗？

艺伎还说，她待客的第三天，来了一个自己不喜欢的客人，带他上盥洗室，他突然强吻自己，就把他的舌头咬了。

“咬出血了吗？”

“嗯，出血了。他说要赔医疗费，大发雷霆，弄得我都哭了，小闹了一场。可这是他挑起的啊。他的名字，我早就忘得一干二净。”

“哦。”太吉郎心想，这个瘦身材，圆溜肩，当时不过十八九岁的温柔的京都美人竟然这么狠心咬人，于是看着她的脸庞。

“我看看你的牙齿。”

“牙齿？我的牙齿吗？我说话的时候，你不是看见了吗？”

“我想仔细看看。”

“那多不好啊。多难为情啊！”艺伎闭上了嘴，一会儿又说道，“这可不行。先生，闭上嘴就说不了话啦。”

艺伎樱桃小口，唇红齿白。

太吉郎调侃道：“不会是真牙断了，装的假牙吧？”

“舌头一舔，就知道很柔韧啊。”艺伎一不小心，说话失口，“哎呀呀，真是的……”把脸藏在老板娘身后。

过了一会儿，太吉郎对老板娘说道：“既然到这里来了，还是去看看中里吧。”

“嗯，中里一定很高兴。我陪你去，好吗？”说罢，她站起来了。

她大概坐到梳妆台前面了吧。

中里那个地方，门面还是老样子，客间却焕然一新。

后来又加进来一个艺伎，太吉郎在中里这儿一直待到晚饭以后。

——在太吉郎出门这一阵子，秀男来到太吉郎的店里。他说要找小姐，于是千重子来到店门前。

秀男说道：“祇园祭那一天，我答应你的腰带图案，已经画好了，现在拿来，请你看看。”

“千重子。”母亲说道，“请他进来吧。”

“好的。”

在面临里院的房间里，秀男把图案拿给千重子看，有两幅，一幅是带叶菊花，不过叶小色淡，几乎看不出来，构图新颖别致；另一幅是枫树红叶。

“真美。”千重子看得入迷。

“千重子小姐这么喜欢，没有比这更让人高兴的了。”秀男说道：“织哪一幅呢？你挑选一下。”

“是啊，要是菊花的话，一年到头都可以用。”

“那就织菊花吧，好吗？”

“……”

千重子低下头，面带忧愁：“两幅都很好……”她吞吞吐吐说道，“你能画杉树山和赤松山的图案吗？”

“杉树山和赤松山？有难度，不过我好好琢磨一下。”秀男满脸疑惑地看着千重子。

“秀男，请你原谅。”

“原谅？原谅什么啊……”

“这个……”千重子欲言又止，不知如何说好，“祇园祭那天晚上，你在四条大桥约定织腰带的那个人其实不是我，是你认错人了。”

秀男瞠目结舌，这无法令人相信。垂头丧气的神情。正是为了千重子，自己才这样倾注全部心血设计出来的图案。千重子的话难道是为了彻底拒绝秀男的心意吗？

然而，千重子的言谈举止，还有点儿让秀男无法理解。此时，秀男的耿直性格稍稍流露出来。

“这么说，我见到的是小姐的幻影吗？我是和千重子小姐的幻影说话吗？在祇园祭出现的难道是千重子的幻影吗？”

但是，秀男并没有说是自己“心上人”的幻影。

千重子表情严肃：“秀男，那一天和你说话的是我的姐妹。”

“……”

“姐妹。”

“……”

“那是我当天第一次见到的姐妹。”

“……”

“有关这个姐妹的事，我还没有告诉父母亲。”

“什么？”秀男万分惊讶，无法理解。

“你知道北山圆木的村子吧？她就在那里干活。”

“欸？”大大出乎秀男的意料，他说不下去。

“你知道中川町吧？”

“嗯，坐小型公交车经过那里……”

“我想请你给那个姑娘织一条腰带。”

“哦？”

“给她织一条吧。”

“哦？”秀男依然心存疑虑，但还是点了点头，“所以你刚才说要设计杉树山和赤松山的图案？”

千重子点点头。

“那好。不过，这会不会与她的生活反差太大？”

“这不正是你需要思考的地方吗？”

"……"

"她会一辈子珍惜的。她名叫苗子，她的家庭虽然不是山林的主人，但是她非常能干，吃苦耐劳，不知道比我强几倍，稳重牢靠……"

秀男还有点儿疑虑，但还是表示道："既然是小姐的托付，我一定尽心尽力织好。"

"我再说一遍，那个姑娘名叫苗子。"

"知道了。可是，小姐，为什么你们俩长得那么像呢？"

"我们是姐妹嘛。"

千重子还是没有向秀男坦承她们是孪生姐妹。

那天晚上，姑娘们穿的都是夏季祭庆活动的清爽衣服，秀男在灯光的映照下把苗子误认为千重子，也许可以说是自己看花了眼吧。

精美的格子门和外层格子双层相叠，红格子门上的折叠长凳，大进深的店铺——这些也许都是残留下来的旧时形式，但京都风格气韵十足的吴服批发商的女儿与在北山杉制作圆木的家庭当佣工的女儿怎么会是姐妹呢？秀男百思不得其解。但是，秀男不能刨根问底。

秀男说道："腰带织出来以后，送到这里来可以吗？"

"嗯嗯……"千重子略一思考，"你能不能最近找个时间直接送到苗子那里呢？”

“倒是可以。”

“那就这么办吧。”千重子是真心诚意地委托给秀男，“可能比较远……”

“哦，这我知道。”

“苗子一定很高兴。”

“她能接受吗？”秀男的担心不无道理，也许只会让苗子感到惊愕。

“我事先告诉苗子。”

“是吧，这样的话……我一定送去。她家在哪里？”

千重子也不知道，只好说：“她住的那个家。”

“哦。”

“我打电话或者写信告诉你。”

“是吗。”秀男说道，“既然是两个千重子，那我就作为小姐使用的腰带那样，精心织就，我亲自送去。”

“谢谢。”千重子低头道谢：“拜托了。你不会觉得奇怪吗？”

“……”

“秀男，这腰带不是为我，而是为苗子而织。”

“嗯，我明白。”

片刻之后，秀男走出店铺，依然疑团莫释，扑朔迷离。但不管怎么说，他必须开动脑筋构思腰带的图案。赤松山和杉树山的图案，应该设计大胆的构图，否则，就显得千重子的腰带过于简素。秀男的脑子里还老想着这是千重子的腰带。不，如果说是苗子的腰带，正如千重子所说的那样，那就要设计出贴近她的日常劳动生活的图案。

自己见面的是“千重子的苗子”，还是“苗子的千重子”，总而言之，今天还想在四条大桥上走一走，不过，白天的阳光炎热，他倚靠在桥头栏杆，闭上眼睛，想倾听轻微的潺潺水声，而不是车水马龙、人流如潮的喧闹声。

千重子今年没看“大文字”[①]。母亲繁被父亲带着，难得去看了一回，千重子留在家里。

父亲和附近两三家关系密切的批发商包租木屋町二条下茶室的店面。

八月十六日的“大文字”就是盂兰盆节的“送灵火”。原先是在这一天的夜晚，将松明火把抛上天空，送行祖先亡灵从冥冥空中回到阴府，这个习惯后来演变成在山上焚火。

东山如意岳的“大”字其实是五座山烧的篝火。金阁寺附近大北山的左“大”字、松崎山“妙法”、西贺茂明见山的“船”的形状、上嵯峨山的“鸟居”形状、接连点燃，合起来称为“五

①大文字，8月16日，盂兰盆节的最后一天，在京都东山的如意岳半山腰点燃状如“大”字的篝火，表示为先祖之灵送行，盂兰盆节即告结束。

山送灵火”。在这四十分钟的篝火点燃时间里，京都市内的霓虹灯、广告灯全部熄灭。

从送灵火点燃的山色，以及天空的夜色，千重子感觉到初秋的色彩。

在点燃大文字篝火半个月前，立秋前夜，下鸭神社举行“夏越”① 神事。

千重子为了观看左“大”字，经常和几个朋友一起登上加茂川的堤坝。

点燃“大”字篝火的仪式，千重子从小就看惯了，但随着年龄的增长，“今年的大文字也快到了……”的想法会突然撞上心头。

千重子走到店前，在折叠长凳周围，与附近的孩子们玩耍。小孩子似乎对大文字不太在意，觉得烟花更有意思。

然而，今年夏天的盂兰盆节给千重子带来新的忧伤。祇园祭，邂逅苗子，得知自己的亲生父母都早已亡故。

千重子心想：对了，明天去见苗子。要把秀男织腰带的事好好给她说一下。

第二天下午，千重子穿着朴素的衣服出门。——千重子还没在阳光下见过苗子。

---

①“夏越”，阴历六月三十日举行的祈求神灵祛病消灾，保佑平安的神事。在神社前挂一个直径约 2 米的茅草编织的大圆圈，人们从圆圈穿过 3 次，即可保佑半年安康。据说是日本最古老的宗教礼仪。

她在菩提瀑布站下了车。

现在大概是北山町最忙碌的季节，男人们正在剥掉杉树干外层皮。剥下来的杉树外皮高高地堆在一起，散落在周边很大的地方。

千重子脚下有点儿迟疑，没走多久，只见苗子飞也似的奔跑过来。

“小姐，您来了！您真的来了，真的……”

千重子见苗子一身干活的打扮，问道：“可以吗？”

“嗯，我看见您过来，刚才就请假了。”苗子一边喘息一边说道，“走，咱们去山里头聊天，谁也看不见。”说着，她拽住千重子的衣袖。

苗子急急忙忙把围裙解下来，铺在地上。丹波棉布的围裙，可以系到后背，很宽敞，足够两个人并排席地而坐。

苗子说道：“坐吧。”

“谢谢。”

苗子把戴在头上的手巾解下来，一边用手指梳拢头发一边说道：“您真的来了，真高兴。我太高兴了……”明亮闪烁的眼睛凝视着千重子。

浓浓的泥土的气息、树木的气息，也就是杉树山的气息扑鼻而来。

苗子说道：“坐这儿，下面的人看不见。”

“我喜欢整齐漂亮排列的杉树林，虽然偶尔也来过，但进到山里头还是第一次。”千重子眺望周边，差不多同样粗细的杉树笔直挺拔，环绕在她们四周。

苗子说道：“这些都是种植的。”

“啊？”

“这些大概有四十年吧。很快就被砍伐下来，做成柱子什么的。要是任其生长，我有时觉得都能活到千年，又粗又直。其实，我喜欢原生林。这个村子，也制作切花[①]。”

“……”

“世界上要是没有人类，也就没有京都城，无边无际的大自然森林、荒野草原，肯定就是野鹿、野猪占据的地盘。为什么这世界会出现人呢？人，太可怕了……”

千重子大吃一惊：“苗子，你思考这个问题吗？”

“嗯，偶尔也会……”

“苗子，你不喜欢人吗？”

“我喜欢人啊。”苗子回答道，“没有比人更让我喜欢的了，可是，如果这世界上没有人，那会变成什么样呢？我在山上睡一小觉醒过来的时候，有时会考虑这样的问题……”

“这不会是潜藏在你心底的厌世情绪吗？”

“什么厌世，我最不喜欢了。我每天这样开心地、愉快地干

---

①切花，将枝叶、树干剪切下来，用于花道或供奉神佛。

活……不过，有时会思考人是什么……”

“……”

两个姑娘的周边突然间昏暗下来。

苗子说道：“要下雷阵雨。”

挂在树梢叶子上的雨水，变成大滴的雨珠掉落下来。

随之而来的是震耳欲聋的雷鸣。

“我害怕，我害怕！”千重子脸色煞白，抓着苗子的手。

“千重子，把腿弯曲起来，蜷缩身子。”说着，苗子趴在千重子身上，几乎完全覆盖着搂抱她的身体。

雷声隆隆，雷电交加，仿佛听到山崩地裂的可怕巨响。

雷电就在姑娘们的头顶上肆虐。

雨水哗啦啦敲打在杉树枝梢上，每次闪电，耀眼刺目的火焰瞬间爆裂，照亮大地，将姑娘们周围的杉树树干照得透亮。平时感觉挺拔美丽的杉树林顿时令人毛骨悚然，紧接着，炸雷滚落下来。

“苗子，雷好像要劈下来了。”千重子更加缩紧身子。

“会有落雷的，但是，绝不会落到我们身上。”苗子语气坚定，“绝不会的。”

苗子用自己的身体更加紧紧地包裹着千重子。

“小姐，您的头发有点儿湿了。”苗子用毛巾擦去千重子脑后头发上的雨珠，然后将毛巾对折，盖在千重子头上。

“您身上可能会被雨水淋湿一点儿，但是，小姐，雷绝对不会落到您的身边、您的身上。”

本来就性格坚毅的千重子听了苗子满怀信心的这番话，心里稍微踏实一点儿。

“谢谢……太谢谢你了。”千重子说道，“你这样保护我，你自己不是全身都湿透了吗？”

“我穿的是劳动服，不要紧的。”苗子说道，“我很高兴。”

“你腰间有什么东西闪亮？”

“哦，我忘了，是一把镰刀。刚才在路边剥杉树里层皮，看见你来了，我就飞跑过去，身上还挂着镰刀。”苗子说道，“多危险啊。”

她把镰刀扔到远处。那是一把没安木柄的小镰刀。

“等回去的时候再去捡，不过现在我不想回去……”

雷声似乎已经从她们的头顶过去。

千重子真切地感受到苗子用身躯覆盖在自己身上的姿势。

虽然是夏天，山间的骤雨还是会让手指尖冰凉，但千重子从头到脚都感觉到苗子体温给自己带来的暖和，扩展到全身，渗透进心里。这是一种难以言喻的亲热的温暖。千重子闭上眼睛，一动不动，享受片刻幸福的心情。

“苗子，真的感谢你。”千重子说道，“也许在妈妈的肚子里，苗子就是这样护着我的。”

“不会是互相推搡踢脚的吗？”

“是啊。”千重子笑起来，充满骨肉之情。

雷鸣电闪的骤雨已经过去。

“苗子，太感谢你了……可以了吧。”千重子动了动身子，想从苗子的身下坐起来。

“哦，再等一会儿，杉树叶子上的雨水还会滴落下来……”苗子依然趴在千重子身上。

千重子将手放在苗子的背上：“全湿了。不冷吗？”

“我已经习惯了。不碍事的。”苗子说道，“小姐过来看我，我真的太高兴了，心里暖洋洋的。小姐身上也有点儿湿了。”

“苗子，爸爸从树上摔下来是在这一带吗？”

“不知道。那时我也是个婴儿。”

“妈妈的老家在哪里？外公外婆还健在吗？”

“这也不知道。”

“你在妈妈的老家生活过吗？”

“小姐，您为什么要打听这些事？”

听到苗子严肃的声音，千重子不再吱声。

“小姐，您没有这样的家人。”

“……”

“我们家，只要您把我当成一个姐妹，我就很感谢了。祇园祭那一天，我说了一些不该说的话。”

“不，我也很高兴。”

“我也是……不过，我不会去小姐的店里。”

“你来吧，我会好好接待你的。我还要告诉父母亲……”

“不要告诉。”苗子口气坚定地说道，“小姐，就像现在这样，如果有什么困难，我会保护您，哪怕豁出我这条命……您理解我吗？”

“……”

千重子热泪盈眶，又说道：“苗子，祇园祭那天晚上，有人把你错认是我，让你为难了吧？”

“哦，就是说织腰带的那个人吗？”

“那个年轻人是西阵织腰带的工匠，很诚实可靠的一个人……他不是说要给你织腰带吗？”

“那是因为他错把我当成你了。”

“前些天，他把腰带的图案拿来给我看，我对他说，那一天见面的不是我，而是我的姐妹。”

“哦？”

“我说，这个姐妹名叫苗子。我让他也给你织一条腰带。”

“给我？”

“他不是答应过你了吗？”

“那是因为他认错人了。”

“他给我织一条，我也让他给你织一条，这是咱们作为姐妹的纪念啊……”

“我？”苗子十分惊讶。

千重子温柔地说道：“他不是在祇园祭上答应过你了吗？”

依然趴在千重子身上的苗子感觉身体有点儿僵硬，无法动弹。

苗子斩钉截铁地说道：“小姐，在小姐有困难的时候，我愿意为您分忧，干什么都可以，心甘情愿。但是，我做这一切，并不是为了想得到小姐的东西。”

“你要这么说，就显得缺少情意。”

“我不能将错就错地替您收下来。”

“你就替我收下来。”

千重子不知如何说服苗子：“就算是我送给你的，你也不要吗？”

“……”

“我对他说，是我送给你的。”

“不是这样的吧，那天晚上，他认错人，说想给千重子小姐织一条腰带。”苗子的话顿了一下，“对了，那个腰带铺的人，那个织腰带的人好像非常恋慕小姐啊。我毕竟是女人，我也懂得。”

千重子掩藏住羞涩，说道：“要是这样，你还不想要吗？”

“……”

“我说你是我的姐妹，让他织的……”

“我接受，小姐。”苗子坦诚地表示同意，“刚才尽说些多余的话，对不起了。”

“他说要亲自把腰带送过来。你住在哪个家里啊？”

“村濑家。”苗子说道，“很高档的腰带吧。我这样的人，有机会系吗？”

“苗子，人生的未来难以预料啊。”

“是的，是的。”苗子点点头，“我也没想出人头地……就是没有系腰带的机会，我也一定好好地珍藏起来。”

“我们家的店铺，很少销售腰带，不过，我要给你挑一件和服，配上秀男给你织的这条腰带。”

“……”

“父亲是个怪人，最近变得不想继续做生意了。我们家是和服布料等各种杂货的批发店，不可能都是好东西，再加上最近流行化纤制品、毛纺织品……”

苗子抬头望着杉树枝梢，从千重子背上爬起来，站起来。

“还有一些雨水滴落下来……小姐，受委屈了吧？”

“没有，多亏了你……”

“小姐，您要是帮着打理一下店铺，怎么样？”

“我？”千重子顿时心头震动，站了起来。

苗子的衣服已完全湿透，贴在身上。

苗子没有把千重子送到车站。与其说因为浑身湿透，其实更在意引起别人的关注。

千重子回到家里，母亲繁正在土间的尽里头给店员们准备点心。

“你回来啦。”

“妈，我回来了。回来晚了……爸爸呢？”

“钻在自己做的幕帘里面，不知道在想些什么。”母亲看着千重子，“你去哪里了？瞧你身上的衣服湿漉漉的，皱皱巴巴，快去换吧。”

“嗯。”千重子走上二楼里屋，慢吞吞地换衣服，又坐了一小会儿，然后下楼。母亲已经把三点的午后点心给店员分发完毕。

“妈……”千重子的声音略显颤抖，“妈，有事想和你单独谈谈……”

繁点了点头：“上二楼里屋。”

千重子略微紧张地问道：“这里也下雷阵雨了吗？”

“雷阵雨？没有啊，不会和我谈雷阵雨吧？”

“妈，我去北山杉的村子了。那里有一个我的姐妹，不知道是我的姐姐还是妹妹，但我和她是孪生姐妹。今年的祇园祭，我们第一次见面。听说我们的亲生父母早就过世了。”

这对繁来说，绝对始料未及，她只是眼睛一眨不眨地盯着千重子："北山杉的村子？嗬？"

"妈，我不能瞒着你，我和她就祇园祭和今天见过两次面……"

"一个姑娘，她现在过得怎么样？"

"她在北山杉的村子里当佣工，干活。是个好姑娘。她不愿意上咱家里来。"

"哦。"繁沉默片刻，说道，"你既然了解了，也很好。那么，千重子，你有什么考虑呢？"

千重子一脸非常认真坦诚的表情，道："妈，千重子是您的孩子，您还是像过去那样把千重子当您的孩子吧。"

"这还用说吗？千重子二十年前就已经是我的孩子了。"

"妈……"千重子把脸趴在繁的膝盖上。

"说实在话，祇园祭以后，妈就觉得你时常发呆，我还以为你有男友了，正想找个时间和你聊聊。"

"……"

"你把那个姑娘带到家里，让妈看看好吗？等店员回去以后，或者晚上……"

千重子在母亲的膝盖上轻轻摇了摇头："她不会来。她一直叫我'小姐'……"

"是吗？"母亲抚摩着千重子的头发道，"你告诉妈，她长得很像你吗？"

丹波壶里的金钟儿开始轻轻鸣叫起来。

青松的翠绿

太吉郎对妻子和女儿说道:“听说南禅寺附近有合适的房子出售，趁着秋高气爽，咱们溜达溜达，散步去看看吧。”

繁说道:“你打算买吗？”

“看了再说吧。”太吉郎立刻不高兴起来，“价格很便宜，就是房子小了点儿。”

“……”

“散散步总可以吧？”

“那好吧……”

繁还是有所担心。如果在外面买一栋房子，那是不是每天都要去店铺呢？——像东京的银座、日本桥那样，京都市中心也有不少批发店的店主住在外面，每天去店里上班。太吉郎的批发店虽然生意日渐萧条，不过在外面购置一间小房子的能力还是有的。

但是，太吉郎莫非想把店铺卖掉，然后全家在这间小房子里“隐居”吗？或者，趁着现在手头还比较宽裕，尽快下决心为老年生活做准备，要是这样的话，则可以考虑。但住在南禅寺附近的小房子里，丈夫打算以后靠什么过日子呢？他已经年过半百，繁想让他轻轻松松开心地过日子。虽然店铺能卖到不错的价格，可是仅仅依靠利息生活，心里还是不踏实。要是能把这笔钱贷给什么人，资金周转，将来的日子就会过得富裕舒适。可是，贷给谁呢？繁一时想不起有合适的人。

虽然母亲没有把自己的担忧告诉千重子，但作为女儿的千重子似乎与母亲心灵相通。千重子虽然年轻，她看着母亲的眼神总是充满安慰理解。

相比之下，太吉郎则是一副心情愉快，兴高采烈的样子。

“爸，咱们顺便到青莲院走走吧，就一会儿，可以吗？”千重子在车里要求，“从门口经过一下就行……”

“樟树。你是想看樟树吗？”

“对啊。”千重子对父亲的敏感觉察感到惊讶，“就是看樟树。”

“去吧，去吧。”太吉郎说道，“我年轻的时候，经常和朋友在那棵大樟树下面谈天说地。——这些朋友，现在都不在京都了。”

“……”

“那一带，无论哪里，都是让我留恋的地方。”

千重子让父亲沉浸在对往事的回忆里。

“我从学校毕业以后，就没有在白天看过这棵树。”千重子说道，“爸爸，你知道夜间观光车的路线吗？在参观寺院的景点中，青莲院是其中一个。车子进入寺院后，有几个僧侣提着灯笼出来迎接。”

跟着僧侣的灯笼走到玄关，有相当长的距离。但是，可以说，这就是夜晚游览青莲院的唯一情趣吧。

据游览车导游指南介绍，青莲院的僧侣设淡茶接待游客，可是到了大厅，实际上并不是这么回事。

“端出来的都是事先泡好的茶，那么多人，很大的茶盘上摆放着很多粗糙的茶碗，搁在那里，人就走开了。”千重子笑着说道，“游客中可能也有尼僧，她们看都不看，端起来就喝，那个手快哦……真是大失所望，而且那茶水还是温暾水……”

父亲说道：“那也没办法啊。都搞得那么细致，不是费时间吗？”

“不过，也有不错的，那个宽敞的大院，四面八方灯光照射，十分亮堂，僧侣出来站在大院中心，高谈阔论，发表演讲，介绍青莲院的来历，真的是侃侃而谈……”

“……”

“进入寺院以后，就听到琴声，我和朋友议论道，这是真人现场演奏呢，还是留声机的声音……”

“哦。”

“后来就去看祇园的舞伎，在歌舞排练场看了两三段舞蹈，不过，那是什么舞伎啊？”

“怎么啦？”

“虽然是长腰带①，但是衣裳很不得体。”

“哦。”

“后来，从祇园去岛原②的角屋③看太夫④。太夫的衣裳，那才是真材实货，连陪同的丫头也……还有，在百目蜡烛⑤明晃晃的亮光下，众妓女饮酒，当然只是做个样子。然后在玄关的土间，表演一点太夫道中⑥的样子。”

太吉郎说道：“嗬，看了这么多，很不错的了。”

“是啊，青莲院僧侣提着灯笼来迎接、岛原的角屋，这两样挺有意思的。”千重子回答道，“这些事情，记得我以前说过吧……”

“你什么时候带妈去看看，我还没有看过角屋、太夫呢……”

---

①长腰带，腰带的一种系法，在后腰处长垂下来。原先在江户时代的女性间流行，后来京都祇园的舞伎采用。舞伎舞蹈时，随着腰部的扭动，长带划出优美的弧形。

②岛原，位于京都市下京区，西本愿寺西面。江户时代幕府唯一许可的花柳街。元禄时期为盛。现在保留江户时期的“扬屋”等当时建筑以及“太夫道中”等节目，作为旅游项目。

③角屋，岛原花柳街的“扬屋”（江户时代招“太夫”“格子”等高级妓女冶游的房间）的代表性建筑。1957年实施《禁止卖春法》以后，“扬屋”废除，但其建筑物作为江户时代的民俗保留下来，成为旅游观光点。

④太夫，等级最高的妓女，主要接待公卿、高级武士、富商等。等级依次是天神、端、鹿恋等。高级扬屋只招请天神以上的妓女。

⑤百目蜡烛：每根约重100文目（重量单位，每文目约合3.75克）的大蜡烛。

⑥太夫道中，每年4月21日，岛原的高级妓女身着盛装，脚蹬黑色三足木屐，迈着八脚步在街头游行。

母亲说话的时候，车子到了青莲院门前。

千重子为什么想看樟树呢？是因为她走过植物园的樟树林荫道吗？还是因为她喜欢北山杉这样的种植林，即大自然的大树木呢？

但是，青莲院入口处石墙边上，只有四棵樟树排成一列，其中最靠前的好像是一棵老树。

千重子他们三人站在这棵老树前面，观看着，没有说话。再仔细观看，只见大樟树的枝丫弯曲成一个奇异的形状，舒展伸开，树枝交缠，仿佛蕴藏着一种令人畏惧的力量。

“好了吗？走吧。”太吉郎向南禅寺方向走去。

太吉郎从怀里掏出钱包，从中拿出一张标有卖家房屋位置的线路示意图，边看边说：“千重子，这种樟树啊，我也不懂，好像是生长在南方气候温暖土地的树木吧，像热海、九州这些地方，应该很多。在这里虽说是老树，其实就和大盆栽一样的感觉吧？”

千重子说道：“这不是京都吗？山也好，河也好，人也好……”

“嗯，那倒是。”太吉郎点点头，“人嘛，也不尽是如此。”

“……”

“不论是今人还是古人……”

“是吧。”

“照你这么说，日本这个国家不也这样吗？”

千重子觉得父亲的话扯得太远了，便说道：“是啊，爸爸，你仔细看，不论是那棵樟树的树干，还是奇异地拓展开来的树枝，都有一种巨大的力量，令人恐惧。”

“是啊，你这个年轻的姑娘能够想到这么深刻的问题。”父亲回头再观看樟树，然后又凝视女儿，“的确，千重子说得对。我说千重子油光乌黑的头发变长了，你长大了……而父亲变得迟钝了，老糊涂了。不，你这番话说得好，这是好事啊。”

“爸！”千重子满含激情地呼唤父亲。

从南禅寺的山门往寺院里面望进去，宽敞的院子，和往常一样，人影稀疏。

父亲一边看着示意图一边左拐。那幢房子的确很小，但四周土墙很高，进深较大。从窄小的外门走到玄关，两旁盛开着长长的成排的白花胡枝子。

“哦，好漂亮。”太吉郎站在门前，出神地看着胡枝子的白花。但是，此时，他买房的心情已经完全丧失。因为他发现邻居旁边的那间稍大一点儿的房子是一家料理旅馆。

不过，长长的成排的白花胡枝子令人流连忘返。

太吉郎好久没到这里来，南禅寺前面的大马路附近，有不少房子都变成了料理旅馆，让他感到吃惊。其中有的重新改建，改为供团体客人住宿的场所，有外地来的学生进进出出，吵吵嚷嚷。

“房子不错，但不行。”太吉郎站在胡枝子白花盛开的家门口，自言自语道，“过不了多久，看这架势，整个京都遍地都将是料理旅馆，就像高台寺一带那样……大阪、京都之间，已经变成了工业区。西京[①]一带还是空地，只是交通有点儿不方便，这倒无所谓，可是很难说不会在那里建造什么怪里怪气的时尚建筑……”

父亲露出一副沮丧失望的神情。

太吉郎对成排的白花胡枝子还是有点儿恋恋不舍，走了七八步，又独自返回去再看一眼。

繁和千重子在路上等着他。

“哎哟，花是开得真漂亮。大概种花也有诀窍吧。”太吉郎回到她们身边，说道，“不过，要是用竹子把花支撑起来就好了……一下雨，铺石路就不好走，会被叶子上的雨水濡湿衣服。卖家要是想今年让胡枝子继续开花，大概还不会有出售的想法吧。现在到了非卖不可的地步，胡枝子枯萎也好，凋谢也好，也就不管了。”

她们都没有说话。

“人大概也是这样的吧。”太吉郎脸色阴暗下来。

“爸，你这么喜欢胡枝子白花吗？”千重子心情明朗，“今

①西京，指奈良市以西的地区。

年已经来不及了，明年，我给您设计一幅胡枝子小花纹的图案。”

“胡枝子是女性的和服花纹，女子的和服单衣花纹。”

“我要设计成既不是女性，也不是夏季单衣的花纹。”

“噢，小花纹，是做内衣吗？”父亲笑了笑，以掩饰自己的心态，“我啊，为了答谢你，给你的和服或者短外褂画一幅樟树的图案吧，那花纹就像妖怪一样……”

“……”

“那就完全男女颠倒了。”

“没有颠倒啊。”

“你能穿着妖怪模样的樟树图案的和服上街吗？”

“嗯，上街啊，去哪里都行……”

“哦。”父亲低头，像是沉思，“千重子，其实我并不是只喜欢胡枝子白花，无论哪一种花，依时间地点，都会给予我不同的心灵感受。”

“是吧。”千重子回答道，“爸，既然已经到这儿了，龙村就在附近，我想顺便去看看。”

“那是面向外国人的店铺……繁，你觉得呢？”

“既然千重子想去……”繁爽快地说道，“不过，龙村不卖腰带。”

这一带是下河原町的高级住宅区。

千重子走进店铺，立刻被右边叠放的女子和服丝绸面料吸引过去，热心地端详观看。这些面料不是龙村的织品，而是“钟纺”[1]的产品。

繁走到千重子身旁：“你打算做一套西服？”

“不，妈，我想看看外国人喜欢的绸缎面料都是什么样的。”

母亲点点头，站在女儿身后，不时伸出手指抚摩布料。

整个房间以及走廊，都挂满了仿古图案的面料，所模仿的主要是正仓院等古代织物断片的图案。

这些是龙村的织品。太吉郎多次参观过龙村织品展，同时也看过古代织物断片的目录，都记在脑子里，名字也知道，但还是认真仔细地观看。

一个见过太吉郎的店员说道：“我们就是想让西方人知道，日本人也能织出这样的东西。”

太吉郎以前来这家店铺的时候，就听过同样的话，但今天他还是点了点头，看着模仿中国古代的织品，说道：“以前的东西真是了不起啊……恐怕得有上千年了吧。”

这些古代图案的大幅纺织品好像不出售。太吉郎在别的店铺见过仿古的女性腰带织品，看着喜欢，买过几条，送给繁和千重子，可是这家店铺面向西洋人，不卖腰带，卖的大件商品最多就是桌布之类。

①钟纺，1887年（明治二十年）成立，主要生产纺织品。2004年与Kracie Holdings合并，结束其116年的经营历史。日本政府将其部分厂房认定为产业遗产。

展示柜里摆放着提包、纸夹、烟盒、方形纱巾等小件商品。

太吉郎买了两三条不像是龙村正宗产品的“龙村领带”和“菊揉”[1]纸夹。“菊揉”是光悦在鹰峰创作的和纸工艺，将其用于织物的图案。这个做法还比较新颖。

太吉郎说道：“不记得东北的什么地方，也有类似的钱包，用非常结实的和纸做的。”

“嗯、嗯。”店员回答道，“我们不太了解它与光悦有什么关系……”

里头的展示柜摆放着索尼制造的小型收音机，这的确让太吉郎他们大吃一惊。虽说是“赚取外汇”的需要，但这样的委托销售也未免……

他们三人被请到里面的会客厅喝茶，店员说，曾有好几位国外的贵宾在这里坐过。

玻璃窗外，是小小的杉树林，倒是少见。

太吉郎问道：“这是什么杉树呢？”

“我也不清楚……听说叫什么广叶杉。”

“哪几个汉字？”

“花木店也不清楚，没有确认过，大概是广叶杉。听说本州以南才有这种杉树。”

①菊揉，江户桃山时代的艺术家本阿弥光悦在京都鹰峰光悦寺创立的和纸艺术。通过揉纸所出现的皱纹形成各种抽象、立体的花纹，主要作为织物的图案。

“树干的颜色是……”

“那是青苔。”

这时，小收音机响了起来，回头一看，一个年轻的店员正对三四个西洋妇女介绍商品。

“啊，这不是真一先生的哥哥吗？”千重子站了起来。

真一的哥哥龙助也向千重子这边走过来，对坐在椅子上的千重子父母亲低头致意。

千重子说道：“你接待她们？”当两人近距离接触时，千重子觉得他与性格随和的真一不同，有一种咄咄逼人的感觉，不好打交道。

“谈不上接待，只是给她们当翻译。因为当翻译的那个朋友的妹妹去世了，所以我就替他干三四天。”

“哎哟，妹妹……”

“是啊，比真一还小两岁，很可爱的一个姑娘……”

“……”

“真一的英语不是很好，不好意思出来，所以，我就……这家店铺，其实用不着翻译……只是有人想在这里买收音机。她们住在都饭店，都是美国的太太。”

“是吗。”

“都饭店离这里很近，就顺便过来转转。如果她们看龙村的织物，那多好，但只是看小型收音机。”龙助低声笑了笑，“看哪个都可以。”

“我也是第一次看到这里摆着收音机。”

“不论是收音机还是丝绸，都要收美金，这是一样的吧？”

“嗯。”

“刚才到院子里，看见池子里养着很多色彩鲜艳的锦鲤。我心想，她们要是仔细问起来，我还不知道该怎么介绍呢，可是她们只是说‘漂亮’‘好看’，还真没让我为难。我也不懂锦鲤，各种各样的颜色，英语怎么说？准确的，我真没有把握。那些带花纹斑点的颜色……”

“……”

“千重子小姐，一起去看锦鲤好吗？”

“那这些太太呢？”

“让店员接待她们不就得了，也差不多快到回饭店喝茶的时间了。她们还要和各自的先生会合，然后去奈良。”

“我跟父母亲说一声。”

“啊，我也要跟客人们打个招呼。”龙助走到客人那边，不知道说些什么，那些太太一齐回头看着千重子。千重子的脸“唰”一下子红起来了。

龙助立即回来，邀请千重子到院子里去。

两人坐在池子边上，看着五颜六色的锦鲤悠然游动，一时没有说话。

“千重子小姐，对你们店里的掌柜……也就是专务、常务什么的，对他们好好地教训一顿。我想，你是可以这样做的。我也可以助你一臂之力，你觉得可以吗……”

这简直太意外了。千重子顿时感觉惊恐不安。

从龙村回来的当天夜里，千重子做了一个梦。——梦见各色各样的一群锦鲤聚集在蹲在池子边上的千重子脚边，它们有的拥挤在一起，有的翻腾跳跃，有的把头露出水面。

就是这样的梦，梦见的是白天发生的事。千重子把手伸进池水里，轻轻搅动，水波荡漾，锦鲤都游拢过来。千重子很惊讶，从锦鲤群感受到一种难以言喻的怜爱。

一旁的龙助似乎比千重子更为惊愕：“千重子小姐的手有什么样的气味？——具有什么样的灵气？”

千重子有点儿羞赧地站起来：“鲤鱼与人亲近的缘故吧。”

龙助却全神贯注地盯着千重子的侧脸。

“东山近在眼前。”千重子避开龙助的目光。

龙助回答道：“啊，你不觉得山色有所变化吗？秋山的感觉……”

梦醒之后，她记不起来梦里龙助是否在自己身边。她难以再度迅速入眠。

第二天，千重子想起龙助要她对掌柜“好好地教训一顿”的忠告，但是她欲言又止。

临近下班的时候，千重子坐在账房前，四周是低矮的格子。这是一间朴素古雅的账房。掌柜植村发现今天千重子的神色不同寻常。

“小姐，有事吗……”

“把我的和服布料给我看看。”

“小姐的……”植村放下心来，“是穿我们店里的布料吗？现在选料的话，正好正月的时候穿，是做出门访客的衣服呢，还是长袖和服呢？这与小姐在冈崎店买的染布、在衣万吴服店买的布料不一样吗？”

“我想看看友禅，不一定是过年穿的。”

“嗯，好，那多得很，现有的这些友禅，不知道您能否看得上，称心如意？”植村站起来，叫来两个店员，在他们耳边嘀咕几句，于是三个人搬出十多反[①]的布料，放在店中间，熟练地展开，并排摆在一起。

“就这个吧。”千重子也是当机立断，“能在五天或一周之内做好吗？下摆的里子布，你们就看着办吧。”

一下子弄得植村目瞪口呆：“这个要得太急了。我们是批发店，一般不做的。不过，好吧。”

①反，布匹长度单位，一反约为 2.7 丈。一般一反和服料可做一套和服。

两个店员麻利地将布料卷起来。

“这是尺寸。”

千重子把纸放在植村的桌面上，但是，她没有离开的意思：“植村先生，我也想慢慢地学一些我们家的买卖，想了解一些事情，还请多加关照。”

她声音柔和，还轻轻低头表示感谢。

“哦。”植村立即表情僵硬起来。

千重子语气平静地说道：“明天也行，我想看看店里的账簿。”

“账簿？”植村苦笑道，“小姐，您要查账吗？”

“哪是查账啊，我还没那么狂，想都没想，只是想看看账本，知道我们家都做些什么买卖。”

“是吗？笼统的账本，其实有好几种。而且还有提供给税务局的账本。”

“这么说，我们家搞两本账？”

“小姐，不能这么说。要是想在账面上做手脚，到时候有劳小姐了。我们是光明正大的。”

“植村先生，那好，明天给我看。”

千重子轻描淡写地说完，从植村面前走开。

“小姐，您出生之前，我就在这店里忙前忙后……”千重子听了植村的话，连头都不回一下，植村用低得听不见的声音说道，“什么呀……”接着，他轻轻啧了一声，“啊，腰疼。”

母亲正准备做饭，千重子来到她面前，把母亲吓了一跳。

“千重子，你说的话够重的。”

“哦，妈，让你担心了。”

“年轻人，看上去挺老实的，说起话来挺吓人的。倒是让妈妈吓得发抖。”

“其实，这是别人给我出的主意。”

“哦？谁啊？”

“真一的哥哥，龙助……他说，真一那边，父亲的买卖还挺红火的，店里有两个好掌柜，如果植村辞职走人，可以派一个掌柜过来，甚至自己都可以过来帮忙。”

“龙助这么说的？”

“对。他说，反正早晚都要经商，大学院什么时候都可以不去，无所谓。”

“哦？”繁看着千重子因兴奋而润泽美丽的脸。

“植村并没有辞职的意思……”

“他还说，如果那栋白花胡枝子人家的附近还有合适的房子，想让他的父亲买下来。”

“唔。”繁一时说不出话来，“你爸爸好像有点儿厌世思想。”

“他说爸爸那样子不也挺好的吗？”

“这也是龙助说的？”

“嗯。”

“……”

“妈，你刚才都看见了，我求你一件事，把我的和服拿一件送给北山杉村子的姑娘好吗？”

“好啊，好啊。送一件短外褂怎么样？”

千重子眼睛湿润，连忙避开。

为什么叫高机呢？不言而喻，因为它机身高，但另有一说，地面挖一个浅坑，机器放在浅坑里，是因为地里的潮气对丝线有一定的好处。另外，为了保持平衡，以前有人坐在机架上压重，现在改为将石头装在篮子里，吊在机架两边。

有的作坊同时拥有手织机和机械织机。

秀男家里，只有三台手织机，兄弟三人使用，父亲宗助有时也会织。在小作坊不多的西阵，他们家的生意应该还是过得去的。

千重子托付的腰带，即将完工，秀男喜悦之情日增。这固然是自己倾注心力劳动的结晶，更因为在梭子的穿梭、织机的声响中含带着千重子的形象。

不，不是千重子，而是苗子。这不是千重子的腰带，是苗子的腰带。然而，在秀男编织的过程中，千重子和苗子已经合为一体。

父亲宗助站在秀男身旁，察看一会儿，说道：“嗯，很漂亮的腰带啊，真少见。”他又疑惑地问道，“谁家订的货？”

“佐田先生的千重子小姐。”

“图案谁设计的？”

“千重子小姐自己设计的。”

“哦？千重子小姐设计的……真的吗？嗯。”父亲十分惊讶，定神观看，又用手指摸了摸织机上的腰带，“秀男，你织得非常精巧致密，这很好。”

“……”

“秀男，我记得以前跟你说过，佐田先生对我们有恩。”

“爸，听你说过。”

“嗯，我是说过。”宗助嘴上这么说，却还是重复一遍，“我原先是织布工，后来自立门户，好不容易买了一台高机，有一半钱还是借的。每织完一条，就送到佐田先生那儿去。可是只有一条，实在拿不出手，只好半夜悄悄送去……”

“……”

“佐田先生从来没有为难我，非常亲切。到以后有了三台高机，情况才有所好转。”

“……”

“话虽这么说，可是，秀男，毕竟身份还是不一样的……”

“这我明白。为什么对我说这些话。”

“好像秀男喜欢佐田家的千重子小姐……”

“原来是这么回事啊。”

和父亲说话的时候，秀男停下织布机，此时又继续开始织布。

腰带织好以后，秀男马上给北山杉村子的苗子送去。

那天下午，北山的天空出现好几次彩虹。

秀男怀抱苗子的腰带，一上路，就看见天上挂着彩虹。彩虹比较宽，但颜色很浅，上端没有划出弧形。秀男停下脚步，仰望天空，彩虹的颜色逐渐变淡，似乎即将消失。

汽车进入山谷之前，秀男还两次看到几乎一样的彩虹。这三次彩虹的共同点都是顶端没有出现完整的弧形，在某个地方变薄。这种彩虹现象其实很常见。

“嗯，彩虹是吉兆还是凶兆呢？”秀男今天对彩虹格外在意。

今天不是阴天。汽车进入山谷，又看见类似的彩虹，颜色还是很淡，是否出现在逼近清泷川岸边的山头，说不清楚。

秀男在北山杉村子下车，苗子依然身穿劳动服，一边用围裙擦着湿手一边跑过来。

苗子刚才在使用菩提瀑布的沙子（不如说是红褐色的黏土）认真地清洗杉树圆木。

虽然还是十月，但山上水凉，圆木浸泡在人工挖掘的水沟里，浮起来，水沟的一端砌了一个简易的灶台，从里面流出热水，还升腾热气。

苗子弯腰致礼："您特地到这山沟沟里来，太感谢您了。"

"苗子，说好的腰带，织好了，给你送来了。"

苗子说道："其实这是千重子小姐的腰带，我现在不能再当她的替身接受下来了。不过，今天能见到您，非常高兴。"

"这是我答应给你织的，而且这个图案是千重子小姐设计的。"

苗子低下脑袋，说道："其实啊，秀男先生，前天，千重子店里的人就给我送来了和服和草履，一整套和服装束。可是，我什么时候能穿上呢？"

"二十二日的时代祭①，你不出去吗？"

"不，可以出去。"苗子毫不犹豫地回答，"我们现在这样说话，引人注目。"

她又略一思考，问道："我们去河边的石子地上走走，可以吗？"

苗子还不能把他当成千重子那样对待，一起躲进杉树林里。

"您织的腰带，是我一辈子的珍宝。"

"哎呀，别这么说，我还会给你织。"

苗子说不出话来。

---

①时代祭，京都平安神宫每年10月22日举行的祭祀，表现从平安时代到明治时代的民俗风情和各种历史文物，人们在大街上游行。始于1895年。

千重子给苗子送来和服，苗子居住的那家人自然都知道了，所以把秀男带到家里也未尝不可。但是，现在苗子已经大致了解千重子的身份和她的店铺情况，这样，她从小思念同胞姐妹的心愿业已得到满足。所以，她不愿意为一些小事给千重子带来什么麻烦。

其实，抚养苗子长大的这个村濑家在当地拥有相当好的山林，再加上苗子任劳任怨地勤快干活，应该不会给千重子造成什么麻烦。跟中等规模的吴服店相比，也许拥有山林的人家的生活更加殷实。

但是，苗子对自己与千重子频繁来往、加深接触这件事，打算采取慎重的态度，她只是在心里感受来自千重子的亲情。

为此，她请秀男去河边的石子地。清泷川的河滩石子地，只要能种植的地方，都种上了北山杉。

“太失礼了，请原谅……”毕竟是女孩子，她想早一点儿看到腰带。

“杉树山真美。”秀男看着山上的杉树林，然后打开棉布包袱，解开怀纸的纸绳，说道，“这儿是鼓结[①]，这儿开始系结在前面腰部……”

“啊啊。”苗子一边捋着腰带，一边说道，“这腰带给我，我

①鼓结，腰带在身后打成一个鼓筒状的结子。鼓结是腰带最一般的系法。

真的配不上啊。”她的眼睛晶莹闪亮。

“一个年轻小伙儿织的东西，有什么配不配的啊。新年快到了，我想用松树做鼓结的图案比较好，千重子小姐却说，应该用杉树。来到这里之后，才知道原来如此。一听到杉树，我的脑子里就是大树、古树的印象，但是，我设计得比较柔和优雅，这也许是可取之处吧，另外，还添加一点儿赤松的树干，作为烘托……”

当然，即使是杉树的树干，也不是原色原样地照搬，而是在形态和颜色的描绘上下了一番苦功夫。

“真的好漂亮，谢谢您……不过，这么华丽的腰带，我系不了吧。”

“与千重子小姐送的和服搭配吗？”

“非常相称。”

“千重子小姐从小就十分适合穿京都风格的和服……这条腰带还没有给她看呢，总觉得有点儿不好意思。”

“这不是按照千重子小姐设计的图案织的吗？我也想让千重子小姐看看。”

“那你在时代祭穿出来吧。”秀男说着，将腰带叠起来，装进怀纸里。

秀男把怀纸的纸绳系好后，说道：“你就轻松地收下吧。我答应你的，同时也是千重子小姐托付的。你就把我当作一个普普通通的织匠就行了。不过，我是尽心尽力为你织的。”

苗子接过秀男递给她的腰带包袱，放在膝盖上，没有说话。

秀男说道：“我刚才说过，千重子小姐从小就十分适合穿京都风格的和服，她送给苗子的和服与这条腰带也一定非常搭配。”

“……”

清泷川清浅的潺潺流水声隐约可闻，秀男环视两岸的杉树林，说道：“杉树的树干齐整挺拔，就像工艺品一样，上面的枝叶像是素雅的花朵。”

苗子脸上掠过一抹愁容，父亲肯定是在树梢打枝的时候，想起被遗弃的女婴千重子，心头沉重忧伤，才在从一棵树跳跃到另一棵树的时候摔下来。当时，苗子和千重子还都是婴儿，什么也不懂。等到长大以后，才听村里人说的。

然而，苗子对千重子一无所知——包括千重子这个名字、她是死是活、她是自己的姐姐还是妹妹，都无从知晓。所以，心底有一个愿望：如果有见面的机会，哪怕在一旁瞧一眼也好，哪怕就一次的机会也好。

苗子那间破败窄小的陋屋如今在北山杉村子已经荒废。她一个单身女子根本无法居住。不过，一对常年在杉树山干活的中年夫妇和他们上小学的女儿住在里面。当然，不会向他们收取什么租金，他们也不是能交得起租金的人家。

只是这家上小学的女孩子出奇地喜欢花，房子旁边有一株旺盛的金桂树，小姑娘偶尔会来找苗子，向她讨教怎么修剪管理树木。

苗子总是回答："不用管它，就行了。"

但是，每当苗子从这小房子前面走过时，似乎远比其他人更早地闻到金桂的芳香。这对苗子来说，反而令人感觉悲伤。

苗子把秀男给她织的腰带放在膝盖上，膝盖感觉有点儿沉甸甸的。她心潮澎湃，思绪万千，真心诚意地说道："秀男先生，我现在已经找到千重子了，以后不会和她继续交往。和服和腰带，我想穿一次……你理解我的心情吗？"

"嗯。"秀男说道，"时代祭，你来吧。我想看你系腰带的样子，那一天，我不请千重子小姐来。祭庆活动的游行队伍从御所出发，我在西面的蛤御门那儿等你。可以吗？"

苗子两颊泛红，使劲点了点头。

对岸水边，一棵小树，叶已染红，倒映在悠悠流水里。

秀男抬起头："红叶鲜艳如火，那是什么树？"

"漆树。"苗子抬起眼睛回答的时候，也抬起手梳理头发，没想到手一抖动，不知道怎么回事，一头黑发散开，垂落到后背。

"哎呀！"

苗子满脸通红，想把头发拢起来，卷上去，用衔在嘴里的发夹插进头发里，可是发夹散落地上，一时找不到，发夹不够用。

秀男看着苗子此时的形态、一举一动，觉得美妙无比。

“你也留长发啊。”

“嗯。千重子小姐也没有剪短啊。不过，她很会梳理，整齐光亮，这个男人就不懂了……”苗子慌忙将毛巾包在头上，“真对不起。”

“……”

“在我们这里，只给杉树修饰，我就没给自己修饰。”

不过，看得出来，她还是抹了淡淡的口红。秀男希望苗子把头上的毛巾取下来，让长发散落到后背。当然，这样的话，他不能说出来。他是看到苗子慌忙将毛巾包在头上时想到的……

狭窄的山谷西边的山峦开始逐渐暗淡下来。

“苗子小姐，我该回去了。”秀男站了起来。

“今天快收工了……白昼短了。”

山谷东边的山顶上，一排排挺拔的杉树，秀男从树干的缝隙望过去，看见一片金色的晚霞。

“秀男先生，感谢您，真心感谢您。”苗子轻轻地拿起腰带，也站起来。

“要说感谢的话，你向千重子小姐道谢就行了。”能够为北山杉村的姑娘织腰带的喜悦，让秀男的心间充满温暖。

“别嫌我啰唆，时代祭那一天，你一定要来。我在御所的西面蛤御门等你。”

“好的。”苗子使劲点点头，“我要穿着从未穿过的和服，系上腰带，可有点儿难为情……”

京都的各种祭庆活动非常多，十月二十二日的时代祭与上贺茂神社、下贺茂神社的葵祭，以及祇园祭，并称京都的三大祭。虽然是平安神宫的祭庆，但游行队列从京都御所出发。

苗子从一大早起就心情激动，比约定的时间早半个小时来到御所西边的蛤御门，在门的背阴处等待秀男。

这一天天气晴朗，一碧如洗。

明治二十八年（1895），为纪念迁都京都一千一百年，兴建了平安神宫，所以，在三大祭中，时代祭自然历史最短。但是，这是祝贺迁都京都的节日，所以游行队列展示千年古都风俗的变迁，不仅有各个时代的装束打扮，还有人们熟知的历史名人。

比如:和宫①、莲月尼②、吉野太夫③、出云阿国④、淀君⑤、常磐御

①和宫（1846—1877），即和宫亲子内亲王，仁孝天皇的第八皇女，嫁德川家茂将军，史称“和宫降嫁”。

②莲月尼（1791—1875），即太田垣莲月，江户末期女歌人，陶艺家。丈夫死后削发为尼。

③吉野太夫（1606—1643），指第二代吉野太夫，江户初期京都花街岛原的妓女，太夫在游女中地位最高，俗称“花魁”。后成为灰屋绍益的妻子。《色道大镜》《好色一代男》等书中均提及此人。

④出云阿国（1572？—1607年以后），生活于江户前期安土桃山时代，其事迹多不可考，据说是出云大社的巫女，为筹募维修出云大社的经费，率众巫女在日本作巡回演出称为“かぶき踊り”的舞蹈。后民间称之为歌舞伎（与“かぶき”同音）的创始者。但阿国的表演多为色舞，模仿妓院场景，无剧情，与现在的歌舞伎大相径庭。两者是否有传承关系，在日本学者中颇有争议。

⑤淀君（1569—1615），本名浅井茶茶，其父是日本战国大名浅井长政，母亲是织田信长之妹织田市。丰臣秀吉的侧室。秀吉死后，她推出自己的儿子丰臣秀赖继承丰臣秀吉的事业，但在“关原之战”中失败，最后自杀身亡。

前[1]、横笛[2]、巴御前[3]、静御前[4]、小野小町[5]、紫式部[6]、清少纳言[7]。

还有大原女、桂女[8]。

游行队列里也会有妓女、女役者[9]、女商贩等。上面提到的都是女性，当然也有楠正成[10]、织田信长[11]、丰臣秀吉等王朝的公卿、武将。

这个游行队列很长，是展现京都风俗的长幅画卷。

女性参加游行队列，据说始于昭和二十五年（1950），这样

①常磐御前（1138？—？），生活于平安时代末期，曾为近卫天皇中宫九条院侍女，后为源义朝侧室。源义经之母。

②横笛（生卒年不详），《平家物语》中出场的人物。曾为建礼门院的侍女，后与平重盛的臣下斋藤时赖相爱，为时赖之父所不容，时赖出家，她也随之出家为尼。但《源平盛衰记》说她投河自尽。

③巴御前（生卒年不详），生活于平安时代末期，武将木曾义仲之妾，随夫出征，本人也屡建战功，成为著名武将。1184 年，与源义经对峙于近江，义仲战败而死，据说她落发为尼，移居越后。

④静御前（生卒年不详），生活于平安时代末期，著名的白拍子（平安时代兴起的歌舞）艺伎，源义经妾。

⑤小野小町（生卒年不详），平安初期的女歌人。其和歌可以说是女性在恋爱过程中各种体验和心态的描述，开平安时代女性文学之先河。

⑥紫式部（973？—？），平安时代中期的《源氏物语》作者。藤原为时的女儿，山城守藤原宣孝之妻。长保三年（1001）丧夫后，仕于一条天皇的中宫彰子。著有《紫式部日记》。

⑦清少纳言（966？—1025？），平安中期的歌人。仕于一条天皇的皇后定子。通和汉之学，与紫式部并称。著有《枕草子》、歌集《清少纳言集》。

⑧桂女，一般指居住在桂的乡村妇女头缠白布，顶着木桶叫卖香鱼的行商。

⑨女役者，歌舞伎女演员（俳优），江户时代，歌舞伎只能由男性演出，但女性也成立自己的演出团体，专门在将军、大名的夫人、侧室居住的内宅给她们演出，称为“御狂言师”。明治维新以后，她们也公开在剧场演出，称为“女役者”，后大多脱离歌舞伎，成为舞蹈家。女役者在昭和初期消失。

⑩楠正成（？—1336），即楠木正成，日本南北朝时代的武将。1331 年跟随后醍醐天皇讨伐镰仓幕府，1336 年在凑川与足利尊对阵，战败而亡。

⑪织田信长（1534—1582），江户前期安土桃山时代的著名武将。1568 年推翻 200 余年的足利幕府，1582 年即将一统全国前夕，于京都“本能寺之变”中被明智光秀谋反而自杀。他死后，部将丰臣秀吉和德川家康在他奠定的基础上统一了全国。

使得祭庆活动更加娇艳华美。

游行队列打头的是明治维新时期的勤王[①]队、丹波北桑田的山国队[②]，殿后的是延历[③]时代的文官上朝的队伍。回到平安神宫以后，在凤辇[④]前诵读贺词。

游行队列从御所出发，在御所前面的广场观看最合适。为此，秀男才让苗子在御所等候。

苗子站在御所门的背阴处，只见人群熙熙攘攘，川流不息，却没有一个人在意她。只见一个看似商店老板娘模样的中年妇女大大咧咧走近前来，说道："小姐，你的腰带真漂亮。在哪里买的？和你的和服也十分匹配……让我看看。"说着，她想伸手抚摩，"能让我看一看背后的鼓结吗？"

苗子转过身来。

"哇……"被这个妇女一称赞，苗子的心情反而平稳下来。她从来没有穿过这样的和服，没有系过这样的腰带。

"让你久等了。"秀男走过来。

靠近游行队列出来的御所附近的场地都被佛教团体、观光协会所占据，他们便站在观礼席的后面。

①此处指江户时代末期推翻德川幕府、要求天皇亲政的思潮及其政治活动。"勤王志士"主张王政复古，排斥外国人。即尊王攘夷。
②丹波北桑田的山国队，幕府末期，京都府中部的丹波国北桑田郡（今京都市右京区）组织农兵队，附属于因幡鸟取藩，参加戊辰战争。
③延历（782—806），日本年号之一。此时的天皇是跨越奈良时代和平安时代两个时代的桓武天皇。
④凤辇，象征天皇乘坐的三抬轿子。

苗子第一次站在这么好的位置观看游行，全神贯注地看着游行队列，甚至忘记了身边的秀男和身上的新衣服。

然而，她忽然发现秀男的目光，问道："秀男先生，您在看什么呢？"

"看青松的翠绿。你瞧这游行队列，正因为有青松的翠绿作为背景，才凸显出队伍，更加引人注目。这广阔的御所庭园，满眼都是黑松。太喜欢了。"

"……"

"我还斜眼瞧着你呢，你不觉得吗？"

"讨厌！"苗子低下了头。

深秋的姐妹

京都的节日非常多，比起大文字的篝火，千重子更喜欢鞍马寺的火节。因为离得近，苗子也曾去看过。以往虽然她们都去过，但由于见面而不认识，所以谁也没有在意。

从鞍马道开始，参道两旁的家家户户都扎上树枝，往屋顶上洒水，到半夜，人们点燃各式各样大大小小的火把，伴随着“哎哟嘿哟”的呼喊声，登上神社。火把熊熊燃烧。两台轿子一出现，全村（现在是町）的女人总动员，一起出动去拉轿子的绳子。最后，奉上大火把，祭庆活动持续到黎明时分。

但是，今年，这个著名的火节停办，据说是为了厉行节约。伐竹神事照常举行，但不举办“火节”。

北野天神的“芋茎节”[1]今年也取消了。据说芋头歉收，无

①芋茎节，京都北野神社每年10月4日举行。将芋头的茎以及其他蔬菜铺在两顶轿子顶部，在街道巡游，表示庆贺秋收。

法用芋头茎装饰轿子。

另外，像鹿谷安乐寺的“南瓜供养”[①]、莲华寺的“封黄瓜”[②]等，这样的祭祀仪式也非常多。这大概都表现出京都古都的风貌以及京都人生活的一个侧面。

近年恢复了岚山河流的龙舟[③]以及迦陵频伽[④]的舞蹈，还有上贺茂神社庭院小川细流的曲水流觞。这些都是当年王朝贵族的风雅游乐。

曲水流觞，就是穿着古代的服装坐在岸边，在酒杯顺流而下的时候，作诗、绘画、书法，取起漂浮到自己面前的酒杯，一饮而尽，然后，童子再斟酒放进水里，顺流漂下。

去年举办这些活动的时候，千重子去观看了。走在王朝公卿队列前头的是歌人吉井勇[⑤]（后来他去世了）。

神事活动虽然恢复，也因为一些新的原因，似乎还不能回到原先那样的状态。

---

①南瓜供养，参拜者吃鹿谷安乐寺煮的南瓜，以祈祷全年无病无灾，身体安康。

②封黄瓜，据说是弘法大师空海从中国唐代传回来的仪式，以此祈祷消灾祛病，身体安康。具体做法是：从寺院分到一根黄瓜，把黄瓜切开，在一张纸上写上自己的姓名、年龄，再与三周前从寺院拜请的护身符一起，放进黄瓜里，拿回家，每天早晚，一边念经一边用黄瓜擦身上的疼痛处，接连三天。到第四天早晨，将黄瓜埋到无人踩踏的干净的土里。

③龙舟，京都岚山每年五月在大堰川举行的“三船祭”。由龙舟打头，其后是御座船、鹢首船，也称为“龙头鹢首船”。

④迦陵频伽，佛教传说中的鸟，人首鸟身，长尾巴，声音美妙，能诵佛经。这里指三船祭时，人们在船上扮演迦陵频伽的模样舞蹈。

⑤吉井勇（1886—1960），1908 年与北原白秋、木下杢太郎等成立“潘神会”，成为唯美派的据点。主要歌集有《鹦鹉杯》《残梦》《形影抄》等。

岚山的迦陵频伽，千重子今年没去看。大概她觉得缺少那种幽寂高雅的京都情趣。京都这样具有古色苍然的祭庆神事根本看不过来。

——也可能千重子受到勤劳的母亲繁的影响，也可能千重子就是这样的天性，早晨一起床，就把格子门等处擦得干干净净。

早饭以后，真一打来电话，说道："千重子小姐，时代祭你们玩得很高兴啊。"

好像真一也错把苗子看成是千重子。

"你也去了啊？怎么不叫我一声。"千重子耸了耸肩膀。

"本想叫你去，可是哥哥不让。"

千重子犹豫着没有把认错人的事告诉真一。但是，从真一的电话可以知道，大概苗子穿着千重子送给她的和服、系着秀男织的腰带去参加时代祭了。

那么，陪着苗子去的，肯定是秀男。千重子刚开始没有想到，但立刻感觉心中涌上一些暖意，露出一抹微笑。

"千重子小姐，千重子小姐！"真一在电话里喊道，"你怎么不说话呢？"

"你不是真一先生吗？"

"是啊，是啊。"真一笑起来，"现在掌柜在吗？"

"不在，还没来……"

"千重子小姐，你没感冒吧？"

“你觉得我是感冒的声音吗？刚才到外面擦格子门了。”

“是吗？”千重子觉得真一在摇晃着听筒。

千重子快活地笑起来。

真一压低声音说道：“这个电话是哥哥让打的，现在让哥哥和你说话……”

千重子对哥哥龙助就不能像对真一那么随意。

龙助突然问道：“千重子小姐，你好好教训那个掌柜了吗？”

“嗯。”

“哦，太好了。”龙助加重语气重复一遍，“太好了！”

“我母亲在身后也听到一点儿，为我提心吊胆的。”

“是吗？”

“我跟他说我要看账本，想学学店里的生意。”

“哦，那就好。说与不说，结果是不一样的。”

“还有，我让他把保险柜里的所有存折、股票、债券这些东西全都拿出来。”

“真棒，千重子小姐，太棒了。”龙助不禁感慨道，“千重子小姐，没想到你平时那么温柔的样子，其实……”

“这是你出的主意啊……”

“与其说是我的主意，其实主要是附近的批发商之间有一些奇怪的传闻。如果千重子小姐难以开口，那就由我的父亲或者我去说。不过，你说是最合适的。怎么样？掌柜的态度有没有变化？”

“有一些。”

“是吗？”龙助在电话里沉默好久，才说道，“那就好。”

千重子感觉电话那头的龙助有什么话欲言又止。

“千重子小姐，我想中午去你店里看一看，可以吗？真一也一起去……”

千重子回答道：“没问题啊。我这儿应该没什么碍事的。”

“因为你是年轻的小姐啊。怎么样？”龙助笑着说道，“我想在掌柜还没下班的时候去。我就是想观察他一下。千重子小姐，你不必担心，我会看着掌柜的脸色，见机行事的。”

“哦……”千重子无法继续说下去。

龙助家的店铺是室町一带的大批发商，伙伴中有不少财大气粗的人。龙助虽然在大学院读书，但店铺的重担自然而然地落在他肩上。

“该到吃甲鱼的季节了，我已经在北野大市[①]订座了，请你光临啊。要是邀请令尊令堂，我未免不自量力，所以只邀请你一个人……我带‘男童’去。”

千重子诚惶诚恐，只是回答一声：“嗯。”

真一扮演男童在祇园祭乘坐大长刀彩车，那是十几年前的

①大市，京都甲鱼专营店。创建于江户中期元禄年间，距今340多年历史。现为第18代传人。

事，但哥哥龙助现在有时还半开玩笑地叫他“男童”。大概因为真一至今还保留着“男童”般的可爱、温顺吧。

千重子对母亲说道：“刚才龙助来电话说，他和真一中午要来咱们家。”

“什么？”繁显得有点儿意外。

午后，千重子走上二楼，精心打扮一番，化的是淡妆，尽量不显露出来。她细致地梳理长发，却总梳不成令人满意的发型。她拿出一件又一件和服，挑来拣去，却总定不下来。

她好不容易收拾完下楼了，却发现父亲不知道到哪里去了，不在家里。

千重子把内客厅的炭火拨拢好，环视四周，看着狭窄的庭院。大枫树上的苔藓依然青绿，树干小孔里的两株紫花地丁的叶子开始泛黄。

雕着基督像的灯笼边上，一棵山茶花小树上红花绽开，看上去娇艳欲滴，比红玫瑰更让千重子的心灵陶醉。

龙助和真一来了以后，先是向千重子的母亲恭敬地致礼问候，然后龙助独自走进账房，在掌柜面前正襟危坐。

植村掌柜慌忙从账房格子间里走出来，向龙助郑重其事地致意，说了一大堆客套话。龙助虽然也礼貌地对答应付，但始终一副冷面孔，脸色没有缓和。植村当然感觉到了他的冷漠。

植村心想，一个学生小毛孩，你要干什么？可是他被龙助的气势镇住，手足无措。

龙助等着植村说话间歇的空隙，从容淡定地说道：“生意兴隆，很好的嘛。”

“嗯，谢谢。托您的福。”

“家父常说，佐田先生多亏有了你。你有多年经验，这可是不得了啊……”

“哪里哪里，与水木先生那样的大店根本无法相提并论，实在不足挂齿。”

“不，不。我们家的店就是铺得太大，又是京都吴服批发店，又是其他什么店，简直就是一个杂货铺。反正我不是很喜欢。像植村先生这样严谨踏实经营的店铺最近少了……”

没等植村回话，龙助就站了起来，向千重子、真一所在的内客厅走去。植村看着龙助的背影，一脸苦涩。他心里非常明白，这个龙助与想看账本的千重子已经暗地勾结在一起。

龙助走进内客厅，千重子一脸询问的神色，抬头看着他。

“千重子小姐，我是已经叮嘱过了。因为我给你出过主意，所以我有这个责任。”

“……”

千重子低头，给龙助泡一杯淡茶。

“哥哥，你看枫树树干上的紫花地丁。”真一指着紫花地丁，“有两株吧。千重子小姐几年前就把它们视为一对可爱的恋人……咫尺天涯啊，无法在一起。”

“哦。”

“女孩子总是对这种可爱的东西浮想联翩。”

“你说什么啊？真一，叫人多不好意思。”千重子把泡好的茶水端到龙助面前，她的手微微颤抖。

三个人乘坐龙助店里的车子向北野六番町的大市甲鱼店奔去。

老字号大市的店铺建构高雅古朴，在旅游者中享有很高的声望。然而，那店铺看上去房屋老旧，天花板也不高。

这里的菜品就是陶罐炖甲鱼，再加上杂烩粥。

千重子感觉浑身热烘烘的，似有醉意。

千重子面带桃红，一直到脖颈都染上一层淡粉，那白皙细嫩的皮肤圆润光滑，娇艳光彩，少女的丰姿冶丽，美不胜收。媚眼含春，秋波盈盈，不时用手抚摩酡红的脸颊。

其实，千重子滴酒未沾，但陶罐里炖甲鱼的汤几乎一半是酒。

虽然车子就在门口，千重子还是感觉脚下不稳，不过，她满心高兴，兴奋舒坦，说话也变得轻佻起来。

“真一先生，”千重子对好说话的弟弟说道，“你在时代祭的御所庭园里看见的那两个人，其实不是我，你看错人了。你是从远处看的吧？”

真一笑道：“好啦，你别瞒着我了。”

“没瞒你。”千重子略一犹豫，还是说道，“其实那个姑娘是我的姐妹。”

“什么？”真一一头雾水。

千重子在清水寺赏樱的时候曾对真一说过自己是弃儿。估计这事已经传到哥哥龙助的耳朵里，即使真一没对哥哥提起，因为两家的店铺离得很近，也许龙助早已听说了。

“真一在御所庭园里看见的那个姑娘……”千重子略一停顿，“其实，我们俩是双胞胎，她是另一半。”

真一第一次听到。

“……”

三个人一时无言。

“你是被遗弃的？”

“……”

“要真是这样的话，扔在我们家店前面那该多好……说真的，扔在我们家店前面那该多好。”龙助满怀感情地重复两遍。

“哥哥。”真一笑道，“那时候可不是现在的千重子小姐，还只是个刚刚出生的婴儿。”

龙助说道：“婴儿不也很好吗？”

“嘿，那是因为你见了现在的小姐才这么说的吧？”

“不是的。”

“那是因为受到佐田先生的百般宠爱、精心抚育，才出落成这么优秀的人。这就是今天的千重子小姐。”真一说道，“那个时候，哥哥你也还是个小孩子呢。小孩子怎么能抚养婴儿呢？”

“可以。”龙助语气坚定地回答。

“哦，哥哥总是这么充满自信，这么好强。”

“是啊，我真想抚养婴儿时候的千重子，母亲一定也会帮忙的。”

千重子的酒劲已经过去，额头苍白。

北野歌舞会[1]要持续半个月，结束的前一天，佐田太吉郎独自出门观看。茶屋送来的入场券自然不是一张，但太吉郎不想邀请别人一起去。看完歌舞回来，还要和几个伙伴到茶屋玩乐，他嫌麻烦。

歌舞会开始之前，太吉郎坐在茶席上，一副愁眉苦脸的样子。今天当班的艺伎正坐着点茶（茶道沏茶），太吉郎对她不太熟悉。

艺伎身边站着七八个少女，一溜排开，大概是给客人端茶的，身穿一样的浅粉色长袖和服。

唯有中间那个少女身穿绿色长袖和服。

①北野歌舞会，每年3月15日为纪念北野天满宫大万灯祭而在上七轩歌舞演练场举行的歌舞会，历时5天。有人会演唱《上七轩夜曲》，身着鲜艳服装的艺伎则配合表演舞蹈。

“啊！”太吉郎差点儿叫出来。虽然她今天打扮得很美，但太吉郎还是能认得出来她就是自己那次乘坐“铛铛电车”与花街老板娘相遇时在场的少女。——今天只有她一人穿着绿色和服，或许是轮到她当班吧。

绿衣少女把抹茶端到太吉郎面前，自然恪守茶道的规矩，面无表情，毫无笑容。

然而，太吉郎似乎放松了心情。

舞蹈叫作《虞美人草图绘》，是八场情景舞蹈剧，内容是中国的项羽与虞姬的悲剧故事，为人熟知。但是，虞姬拔剑自刎，被项羽抱在怀里，在四面楚歌中死去，而项羽也战死沙场。演完这个场景以后，接下来的场景就转移到日本，表演熊谷直实①、平敦盛②与玉织姬③的故事了。熊谷打败敦盛后，深感人生无常而出家，然后凭吊古战场，却见敦盛冢周围盛开虞美人草，还听闻笛声，敦盛幽灵出现，请求他将青叶笛奉纳黑谷寺，玉

①熊谷直实（1141—1207），平安时代末期至镰仓时代初期的武将。先仕于平家，后臣从源赖朝，成为御家人。据《平家物语》记载，一之谷之战时，击毙平清盛之侄平敦盛。但深感人生无常，遂出家，成为净土宗法然上人的门徒，开创熊谷寺、法然寺、光明寺、宝树寺等。但据考证，出家原因是他与叔父直光的领地边界发生纠纷，而源赖朝支持直光。

②平敦盛（1169—1184），平安时代末期的武士，平清盛的侄子，平经盛的末子。据《平家物语》记载，一之谷之战时，被熊谷直实击毙，年仅十六。擅吹笛。能乐、幸若舞、谣曲、歌舞伎等文艺作品多表现其事迹。

③玉织姬（生卒年不详），据说是平时忠的女儿，平敦盛的未婚妻。一之谷之战时，城破后，在逃跑途中被捕杀。其墓在现今广岛县庄原市。

织姬的亡灵则请求将虞美人草的红花供奉佛前。

这出舞蹈剧演完以后，还要演出新舞蹈《北野风流》。

上七轩的舞蹈，与祇园的井上流[①]不同，属于花柳流[②]。

太吉郎从北野会馆出来，走进一家古朴的茶室，呆坐在那儿。老板娘上前问道："叫个姑娘过来？"

"嗯，咬客人舌头的那个伎……还有，穿绿色和服端茶的那个在吗？"

"就是上一次在电车里见到的那个……她啊，过来打个招呼还是可以的。"

等艺伎过来的时候，太吉郎自斟自酌。

然后，他故意站起来，走到外面。艺伎跟着他出来。

"现在还咬吗？"

"你还记得啊。早就不咬了，不信，你伸出来试试。"

"我不敢。"

"真的不咬。"

太吉郎把舌头伸出来，感觉到温热柔软的吮吸。

太吉郎轻轻拍着她的后背："你堕落了。"

---

①井上流，日本舞蹈流派之一。属于上方（京都、大阪一带）舞，在京都得以发展，称为"京舞"。

②花柳流，日本舞蹈五大流派中最大的流派。1848 年创立，其组织遍及全国，既继承古典舞蹈艺术，又与时俱进，创作出很多新舞蹈。

“这怎么就堕落了啊？”

太吉郎想漱口，但艺伎就站在身边，不能这么做。

艺伎的轻佻、狎昵也是要下决心的，对艺伎来说，客人的突然要求，瞬间之事，没有什么特殊的含意。太吉郎不讨厌这个艺伎，也不觉得她脏。

太吉郎正要回客厅，艺伎拉住他道：“请等一等。”

她掏出手绢，擦了擦太吉郎的嘴唇。手绢沾着口红。艺伎把脸紧挨着太吉郎的脸，一边瞧一边说道：“好，现在好了。”

“谢谢……”太吉郎把手轻轻搭在艺伎的肩膀上。

艺伎走进盥洗室，在镜子前给自己的嘴唇补妆。

太吉郎回到客厅，里面空无一人。他端起发凉的酒，漱口似的连喝两三杯。

尽管如此，太吉郎总觉得艺伎的体味、艺伎香水的气味依然残留在自己身上。他感觉自己也变得年轻了。

尽管是艺伎无意间的游戏，自己是否显得有点儿冷漠。是因为自己长久没有和年轻女人玩乐吗？

这个二十岁上下的艺伎也许是一个非常有趣的女人。

老板娘带着一个少女走进来。正是那个穿绿色和服的姑娘。

老板娘说道：“按您的要求，我把她带来了，只是让她向您问候几句。你看，她这个年龄……”

太吉郎看着少女：“刚才就是她端茶的吗？”

“是的。”毕竟是茶室的人，少女没有显出害羞的表情，“我想起就是那一天的伯伯，所以把茶给您端过去。”

“哦，谢谢，你还记得？”

“记得。”

这时艺伎也回到客厅，老板娘对她说道：“佐田先生非常喜欢阿千。”

“哦？”艺伎瞧着太吉郎的脸，“您好眼力啊。不过，还得等三年。而且，阿千明年春天要去先斗町。”

“先斗町？为什么？”

“她想当舞伎[1]。她说憧憬舞伎那样的风采。”

“嗯，要是舞伎的话，祇园不是最合适吗？”

“阿千的伯母在先斗町。大概是这个原因吧。”

太吉郎看着阿千，心想这个姑娘不论去哪里，都会成为一流的舞伎。

西阵和服织品工业组合采取一项前所未有的果断措施，决定从十一月十二日至十九日共八天，所有织机停工。十二日和十九日是星期天，所以实际停工六天。

停工的原因很多，归根结底一句话，就是经济的问题。就是说，现在生产过剩，库存量达到三十万反。这样做的目的是

①舞伎，在筵席上为客人跳舞助兴的舞女，也指京都祇园的艺伎少女。

处理消化这些库存，改善交易现状。另外，难以筹措资金也是一个原因。

从去年秋天到今年春天，西阵和服料进货经纪商[1]接连倒闭。

八天停机的措施据说减产八九万反，但结果不错，应该说获得成功。

但是，只要看一看西阵织坊，尤其是小胡同里的家庭小作坊，都服从这次统一管控措施。

古旧的瓦屋顶，深深的房檐，这样的小房子藏在胡同两旁，即便是两层楼，也是很矮。胡同的狭窄甬道更是高低不平，坑坑洼洼，在昏暗处似乎也能听见织机的声音。这些作坊不一定都是自家的织机，也有租赁来的织机。

但是，申请“免除停机”的作坊只有三十多家。

秀男家不是织和服料，而是织腰带。高机三台，白天自然也亮着灯，有织机的地方还是敞亮的，但后头有一块空地。整个房子比较简陋窄小，厨房用具也十分简单，以致不知道家里人在哪里休息、睡觉。

秀男这个人有主心骨，有才干，对工作热心勤奋。但是，长年累月坐在高机的细窄木板上，日夜不停地织物，大概屁股都长茧子了。

①进货经纪商，指在厂家与批发商之间做中介贸易的商人。

他邀请苗子去观看时代祭的时候，比起表现各个时代服装的游行队列，对作为背景的御所广阔的松树翠绿更感兴趣，这可能是他从日夜操劳的繁重劳动中解脱出来的缘故吧。在狭小的山谷里干活的苗子恐怕无法注意到那样的背景……

对于秀男来说，苗子能够在时代祭系上自己给她织的腰带，将是对自己工作极大的精神激励。

千重子自从和龙助、真一兄弟一起去大市吃甲鱼以后，有时候感觉魂不守舍，尽管对自己还没有造成剧烈的痛苦。仔细一想，似乎是心中有一种苦恼的缘故。

十二月十三日的“事始”结束以后，进入天气变化无常的冬季。有时寒雨萧瑟，有时晴天温暖，有时雨雪交加，阴晴不定。

十二月十三日“事始”开始，按照京都的风俗习惯，从这天起，筹备过年，互赠岁暮礼物。

最严格遵守这种规矩的，还是祇园等处的花街柳巷的人们。

艺伎、舞伎对平时关照自己的各家茶室、歌舞音曲的师傅家、长辈艺伎那里，由日常在身边伺候的男侍从给他们分送镜饼[①]。

然后，艺伎、舞伎挨家致谢，说声“恭喜新年”，就是去年承蒙眷顾，得以平安康泰，今年继续多加关照的意思。

这一天，所有的艺伎、舞伎都打扮得格外花枝招展，走动

①镜饼，大小不同的圆扁形年糕两块叠在一起，用于正月供神。

串门，祇园一带的迎新年气氛比别处更早一些，色彩浓艳。

千重子家的店铺没有装饰得这样光艳夺目。

千重子吃过早饭，独自上楼，在自己的房间里略施粉黛。可是，她不在状态，总是分神。

主要是龙助在北野甲鱼店说的那一番充满激情的话，在她的心头不停地翻腾。要是扔在我们家店前面那该多好啊，这样的话不是表现出他强烈的心愿吗？

龙助的弟弟真一和千重子是竹马之交，上高中之前就一直玩耍在一起，性情温和，虽然知道自己喜欢千重子，但不像哥哥龙助那样，说一些让千重子如痴如醉的话，只是无拘无束地和千重子相处。

千重子梳好长发，青丝垂肩，然后下楼。

快吃完早餐的时候，北山杉村子的苗子给千重子打来电话。

“是千重子小姐吗？”苗子确认了一遍，“我想见小姐，有一件事要当面告诉您。可以吗？”

千重子回答道：“苗子啊，好久没见了。……明天怎么样？”

“我什么时候都可以。”

“那你到店里来吧。”

“对不起，我不想去店里。”

“我把你的事，告诉妈妈了，爸爸也知道的。”

“还有其他店员吧？”

千重子略一思考，道：“那我到你那儿去。”

“我当然很高兴，可是现在很冷了……”

“我也想看杉树林……”

“不但冷，也许还会下雨，那您要做好准备。我这里烧火取暖，随时都可以。那我明天就在路边干活，您一来就能看见我。”苗子的声音显得很愉快。

冬天的花

千重子上身穿着厚毛衣，下身穿着长裤，她从来没有捂得这么严实过。脚上的袜子也很鲜艳。

父亲太吉郎在家，千重子跪坐在他面前，问候致意。父亲看着女儿这一身少见的装束，瞪大眼睛问道："要出门吗？"

"是的。北山杉村的女孩想见我，说是有事要和我讲……"

"哦？"太吉郎不假思索地说道，"千重子……"

"嗯。"

"要是那个孩子遇到什么苦恼，有什么困难，你把她带到家里来……我收下她。"

千重子低下头。

"好啊，有两个女儿，我和你妈就不寂寞了。"

"爸爸，谢谢您。爸爸，太谢谢您了。"千重子弯腰鞠躬，热泪盈眶。

“千重子，你从吃奶的时候开始，我就一把屎一把尿地把你养大，非常疼爱你，视为掌上明珠。我对那个姑娘一视同仁，她一定也会出落成你这样的好女子。你把她带来吧。二十年前，我不是很喜欢双胞胎，但现在什么都想开了。”接着，父亲叫道，“繁，繁，你来一下。”

千重子说道：“爸爸，我发自内心地感谢您。可是，那个孩子，苗子，她绝不会到咱们家来的。”

“这又是为什么？”

“她是不想对我的幸福造成一丝一毫的影响吧。”

“怎么会有影响呢？”

“……”

“怎么会有影响呢？”父亲重复一遍，歪着脑袋，一副不解的样子。

“今天我还对她说，爸妈都已经知道了，你就来店里吧……”千重子带着哽咽的颤音说道，“可是，她还是顾虑店员，还有街坊四邻……”

“店员算什么？”太吉郎终于提高了嗓门。

“我十分理解爸爸的心意。今天，我去她那儿，还要说。”

“那好。”父亲点点头，“路上小心点儿……还有，你把我刚才说的话，转告那个叫苗子的姑娘。”

“好的。”

千重子穿上雨衣，戴上风帽，穿上雨鞋。

京都的早晨，天空晴朗，但逐渐阴暗下来，北山那边可能冷雨砭人肌骨，从市内的天色也可以想象出来。如果不是京都低矮浑圆的群山阻挡，或许可以眺望到北山雪花纷飞的景象吧。

千重子坐上国铁公司经营的公交车。

北山的中川北山町有两条公交线，一条是国铁（日本国有铁道）运营，另一条是市运营。市营公交线开到扩大后的京都市北郊的山麓，然后返回；而国铁公交车一直开到福井县的小滨。

小滨位于小滨湾的岸边，再进入若狭湾流向日本海。

大概入冬的原因吧，车上乘客不多。

两个年轻男人一直盯着千重子，目光锐利，让千重子心头惧怕，赶紧把风帽拉下来，罩着头。

“小姐，求你别这样把脸遮起来啊。”其中一个年轻人声音沙哑地说道。

他身边的另一个年轻人说道：“老实点儿！给我闭嘴。”

和千重子搭讪的那个年轻人戴着手铐。他犯了什么罪？他身边的那个年轻人是刑警吗？翻越这深山老林，要把他押送到哪儿去？

千重子当然不能把风帽取下来露出脸庞。

车到高雄。

一个乘客说道："已经到高雄了啊？"

其实一看就知道。枫叶已经落尽，冬天爬上了树梢的小细枝。

栂尾下面的停车场没有一辆车子。

苗子身穿劳动服，到菩提瀑布车站等候着千重子。

苗子看着千重子这一身行头，第一眼没认出来，但立即反应过来："小姐，您终于来了。真不容易，跑到这山沟沟里来。"

"这哪是什么山沟沟啊。"千重子也没脱手套，握住苗子的双手，"见到你真高兴，从夏天一直就没见面。夏天来杉树山的时候，谢谢你了。"

"那算什么啊。"苗子说道，"那个时候，我真担心雷落在咱们身上，那会成什么样子。不过，那样子我也高兴……"

"苗子……"千重子边走边说，"你给家里来电话，说有事告诉我。你现在告诉我吧，我都有点儿等不及了。"

"……"

苗子穿着劳动服，头上包着毛巾。

千重子又问一遍："什么事啊？"

"是这样的，秀男说想和我结婚，所以……"苗子一个踉跄，一把抓住千重子。

千重子就势抱住苗子。

苗子长年累月劳动，身体结实健壮。——夏天打雷的时候，苗子压在千重子身上，那时候惊恐害怕，没有留心到苗子身体这么壮实。

苗子很快站稳脚跟，但是，被千重子搂抱着，大概十分高兴。她也不说好了，可以自己走了，却还是依偎着千重子走路。

千重子搂抱着苗子，但不知不觉地反而是自己更多地靠在苗子身上。

不过，两个人都没有意识到互相依偎在一起。

千重子从风帽里问道："苗子，那你是怎么回答秀男的？"

"回答？我总不能当场就给他一个回答啊。"

"……"

"起先他是认错人，现在已经不是认错人，所以，您的形象已经深深地印在他的心底深处。"

"这不可能。"

"不，我非常清楚，虽然他提出和我结婚，其实他把我当成是您，我就是您的替身。秀男从我身上看到的是千重子的幻影。这是第一……"

千重子想起来一件往事：今年春天去植物园观赏盛开的郁金香，回家的路上，在加茂川堤岸，父亲曾说想把秀男作为千重子的上门女婿，结果被母亲拒绝了。

"第二，秀男家是织腰带的作坊。"苗子加重语气说道，"所以与您的店铺有着密切的关系，如果我从中插一手，那就会给千重子小姐增添极大的麻烦，周围的人对我都会另眼相看，那样的话，我死了都无法谢罪，也许只能躲进人迹罕至的深山老林里偷生吧……”

“你怎么净想这种事？”千重子摇晃着苗子的肩膀，“今天我出来之前，就对父亲说，我要到你这儿来。母亲也知道。”

“……”

“你知道父亲怎么说的吗？”千重子更加使劲摇晃苗子的肩膀，“他说，你去对那个名叫苗子的姑娘说，如果她有什么难处，有什么苦恼，就把她带到家里来。……我要把她作为自己的亲生女儿上户口，尽量做到和千重子一视同仁。千重子一个人，也觉得寂寞。”

苗子摘下包在头上的毛巾，说声“谢谢”，用手捂着脸，过了片刻，说道：“这些话深深打动我的心坎，太感谢了。”她激动得说不下去了，过后她又说道：“我是个无依无靠的人，举目无亲。我孤独寂寞，所以我拼命干活，忘记我的苦命。”

千重子为了减轻苗子的苦恼，说道：“那关键是秀男这件事，你怎么打算？”

“我不能马上给他回答。”苗子泪流满面，声音颤抖，看着千重子。

“把这个给我。”千重子拿过苗子的手巾，给她揩拭眼睛周边和脸上的泪痕，“瞧你满脸泪水的，怎么回村里？”

“不要紧的。我这个人性格坚强，比别人多干活，能干活，可就是爱哭。”

千重子给苗子擦完眼泪，苗子把脸贴在千重子的胸上，反而伤心地呜咽起来。

“这可怎么好？苗子，心里委屈，是不是？别这样。”千重子轻轻拍打她的后背，“再这么哭，我就回去了啊。”

“不，不！”苗子一惊，从千重子手里拿过手巾，使劲擦了擦脸。

因为是冬天，千重子看不清楚，只是觉得苗子的眼睛有点儿发红。她看到苗子把毛巾低低地包在头上。

两人默默地走着。

北山杉的打枝一直要修剪到枝梢，在千重子眼里，枝梢上残留的圆叶看上去就像冬天素雅淡绿的花朵。

千重子觉得现在可以说话了，便说道：“秀男这个人，自己可以绘画，设计腰带图案，而且手织的本领也很高超，为人正经老实。”

“是的，这我知道。”苗子说道，“他让我去看时代祭，可是他对穿戴各个时代服装的游行队列不感兴趣，却入迷地观察作为背景的御所松树的绿色以及东山变幻莫测的色彩。”

“秀男可能觉得时代祭的游行队列没有意思吧……”

苗子语气坚定地说：“不，应该不是这样。”

“……”

“游行结束以后，他让我到家里去。”

“家？秀男的家吗？”

“对。”

千重子有点儿吃惊。

“他家里两个弟弟也在。他还带我去看后面的空地，说要是结婚的话，可以在这里盖一间小屋，织一些自己喜欢的东西。”

“这不是很好吗？”

苗子又重复道：“好吗？我觉得，秀男把我当作小姐的替身才和我结婚。虽然我是女孩子，但是我心里明白。”

千重子感到困惑，不知如何回答。

狭窄山谷的横向有一个小山谷，洗涤杉树圆木的妇女们围坐一圈，正在休息，烤火取暖。火堆的烟雾腾腾升起。

苗子来到自己家前面。说是家，不如说是一间小破屋，年久失修，茅草葺顶，歪曲倾斜。但因为是山间房屋，所以有一个小院落，疯长的南天竹又高又大，结着红果。这七八株南天竹也是七倒八歪，杂乱无章。

就是这破烂简陋的小屋，也许曾经就是千重子的家。

从屋子旁边走过去的时候，苗子的泪痕已经干了。她犹豫着要不要对千重子说“这是我们的家”呢，千重子在母亲的老家出生，大概没在这个家里住过。就说自己吧，还是婴儿的时候，母亲早于父亲去世，自己也可能在这个家里住过短暂的时间，也可能没住过，根本就没有清晰的记忆。

幸好千重子没有留意这间破房子，而是眺望杉树山以及山上排列的圆木，从房前走过。这样，苗子用不着讲述房子的往事了。

挺拔笔直的树干枝头还残留着一些圆圆的叶子，千重子觉得是“冬天的花朵”，其实想起来，也真的是冬天的花朵。

大部分房子的屋檐前和二楼都堆放着已经剥皮、洗净、磨好的杉树圆木。这些白色的圆木排列得整整齐齐，连根部都摆得端端正正。这本身就极其美观，也许比任何墙壁都漂亮。

山上，杉树的根部的杂草开始枯萎，粗细相同的笔直树干排列齐整，十分壮观，从树干的空隙，可以望见天空。

千重子说道：“还是感觉冬天的景致美。”

“是吧。我已经司空见惯了，反而感觉迟钝了。不过，到了冬天，杉树叶带着淡淡的芒草色。”

“就像花一样。”

“花，是花吗？”苗子有点儿意外，抬头望着杉树山。

往前走不多远，看见有一栋古雅的房子，大概是山地拥有者的家吧。院墙不高，下半截是铺木板，涂成铁丹色，上半部分是白墙，屋瓦是“小屋顶”结构。

千重子停下脚步：“哦，这里有户人家。”

“小姐，这就是我现在住的家。咱们进去看看，好吗？”

“……”

“不要紧的，我住在这儿快十年了。”

“其实秀男把我当成是您，我就是您的替身。他从我身上看到的是您的幻影。”——千重子听苗子说过两三遍这样的话。

如果说是“替身”，这容易理解。但是“幻影”究竟指的是什么呢？——尤其是结婚对象……

千重子严肃问道：“苗子，你说的幻影、幻影，可什么是幻影啊？”

“……”

“幻影，不就是手不可触摸的无形的东西吗？”千重子说到这儿，不由得满面通红。

不仅是脸蛋，大概身上各处都与自己一模一样的苗子就要属于男人了。

“虽说如此，无形的幻影会在哪里？”苗子回答道，“幻影也许在男人的心里，也许在男人的胸间，也许会在任何地方显现出来。”

"……"

"当苗子变成六十岁老太婆的时候，千重子的幻影还是现在这样年轻。"

千重子没想到她会这么说。

"你都想这么远的事啊？"

"对美丽的幻影，从来没有厌烦的时候。"

千重子好不容易说道："那也未必。"

"幻影不能践踏踩踢。那只能自己倒霉。"

"嗯。"千重子发现苗子也有妒忌心，"真的有幻影吗？"

"它就在这儿。"苗子摇晃着千重子的胸部。

"我不是幻影，我和你是双胞胎啊。"

"……"

"这么说的话，岂不是变成苗子和我的幽灵是姐妹吗？"

"不行，您就是千重子小姐，但幻影仅仅针对秀男而言……"

"你想得太多了。"千重子稍稍低下头，走了一会儿，说道，"什么时候我们三个人在一起，推心置腹地谈一次话。"

"谈话？——话有真心话，也有违心话。"

"苗子，你疑心很重吗？"

"那倒没有，我也有一颗少女的心……"

"……"

"这初冬的雨，从周山那边向北山这边过来了。你看山上的杉树……”

“快点儿回去吧，看样子是雨夹雪。”

“我出门的时候做好防雨的准备了，以防万一。”说着，千重子脱下一只手的手套，给苗子看，“你看我这手，不像小姐的手吧。”

苗子一惊，连忙用自己的双手握住千重子的这只手。

冬雨在不知不觉间降落下来。连村里人苗子也未必意识到。既不是小雨，也不是蒙蒙细雨。

苗子让千重子看看四周群山，果然觉得冷峻、朦胧，反倒清晰地显示出山脚下一排杉树树干的美丽。

很快，周围的小群山在弥蒙的雾霭之中，看不见山岭的轮廓。从天空的模样来看，这当然不是春天的云霭，也许可以说，天色更具有京都风味。

千重子看看脚下，感觉地面有点儿潮湿。

接着，群山包裹着一片淡灰色，好像是笼罩在雾霭里。

一会儿，从山谷中流淌下来的雾霭中夹杂着白色的东西。这白色的东西变成霙。当她们看见这白色的东西时，苗子对千重子说：“快回去！”说不上是雪，只能说是霙。然而，这白色的东西忽而消失，忽而增多。

从时间段来看，山谷显然过于昏暗，忽然有一种冷飕飕的感觉。

千重子也是京都人，所以对北山的雨雪并不陌生。

苗子说道：“趁着还没有变成幻影……”

“又是幻影？”千重子笑道，“我是带着雨具来的……京都的冬天，天气变化无常，很快就会变晴的。”

苗子抬头望着天空：“今天回去吧。”

她紧紧握住千重子脱下手套给她看的那只手。

千重子说道：“苗子，你真的考虑结婚吗？”

“有那么一点点……”苗子满怀深情地将千重子脱下来的手套给她重新戴上。

趁这个机会，千重子说道：“你到我家店里来吧。”

“……”

“来吧。”

“……”

“等店员下班回家以后。”

“是晚上吗？”苗子大吃一惊。

“在我家过夜。父母亲对你都很了解了。”

苗子的眼睛浮现出喜悦的神采，但是她还是迟疑不决。

千重子说道：“我就想和你一起睡，哪怕一个晚上也好。”

苗子把脸转向路旁，偷偷落泪，不让千重子看见。

但是，千重子岂能不知道。

千重子回到室町的家里，这一带的天色只是阴沉沉的。

母亲繁说道："千重子，你回来得正是时候，赶在下雨之前。"

"爸爸在里面等着吧。"

父亲太吉郎没听完千重子回来的汇报，就倾着上身，迫不及待地问道："怎么样？千重子，那个孩子怎么说的？"

"嗯。"

千重子不知道如何回答是好，她感觉很难用简洁明晰的语言说清楚。

"怎么回事？"父亲重复一遍。

"嗯。"

苗子说的话，千重子大体明白，但也有的地方似懂非懂。苗子说，秀男其实是想和千重子结婚，但是自己高攀不上，只好作罢，转而想和与千重子长得一模一样的苗子结婚。苗子敏感的少女之心，立即察觉出来。于是她对千重子大谈特谈玄乎奇妙的"幻影论"。秀男能从苗子身上获得他想从千重子身上得到的东西吗？千重子心想，如果这样的话，秀男未必就那么自信。

但是，也许事情并非如此。

千重子不敢正面看着父亲的脸，她羞得连脖子都红了。

父亲说道："苗子这个女孩就一心想着和你见面吗？"

"是的。"千重子毅然抬起头，说道，"好像大友先生家的秀男向她求婚了。”千重子的声音微微发颤。

“哦？”

父亲偷偷看着千重子，半晌没说话。好像他看穿了什么，但没有说出来。

“是吗？和秀男……大友先生家的秀男，这个人倒是不错。真是姻缘无定啊。这也都怪你哦。”

“爸爸，不过，我觉得她不会和秀男结婚的。”

“嗯，为什么？”

“……”

“为什么不行呢？我觉得很好嘛。”

“这不是好不好的问题，爸爸，你还记得吗？你在植物园问过我，秀男怎么样？那件事，那个姑娘都知道了。”

“哦？她怎么知道的？”

“她好像觉得织腰带的秀男与咱们店多少有生意上的来往。”

父亲心潮激荡，默不作声。

“爸爸，我有个请求，我想让那个孩子在咱们家住一个晚上。”

“当然可以，什么啊？就这么个事吗？我不是都说了要收养她吗？”

“爸爸，她绝对不会来。现在只让她住一个晚上……”

父亲眼神哀怜地看着千重子。

这时，传来母亲拉上挡雨板的声音。

“爸爸，我去帮个忙。”千重子站起来。

冬雨寂静无声地落在瓦屋顶上。父亲安静坐着，纹丝不动。

水木龙助、水木真一兄弟俩的父亲邀请太吉郎到圆山公园的左阿弥餐厅共进晚餐。冬天昼短，从高处的筵席间俯视城市，已是华灯初上。灰蒙蒙的天空，没有晚霞。城市里除了灯光，整个一片灰色。这就是京都的冬天色彩。

龙助的父亲在室町经营大型批发店，生意兴隆，作为店主，为人豪爽，讲求信誉，但是今晚，似有难言之隐。话到嘴里，又不说出来，只是扯一些无聊的世间传闻打发时间。

“其实呢……”借着酒劲儿，他终于切入正题。倒是平时优柔寡断、时常容易沉浸在厌世主义情绪里的太吉郎，对他想说的话已经猜到八九不离十。

“其实呢……”水木闪烁其词，“龙助这个人说话做事欠考虑，鲁莽草率，想必你已经听令爱说过了……”

“哦，倒是我这边未能上进，不过，非常理解龙助的好意。”

“是吗？”水木似乎松了一口气，“龙助这小子很像我年轻时候，一旦说出来，谁劝都不听，真叫人头疼……”

“对我来说，求之不得。”

“是吗？您这么一说，我就放心了。”水木的确心放宽了，恭谨地施一礼，“请多包涵。”

太吉郎的店铺日渐萧条，但是几乎是同行的一个年轻人要过来帮忙，这实在令人惭愧，有失脸面。但如果说他过来是实习，两家店铺的规格就倒置过来了。

“对我来说，当然好。”太吉郎说道，“可是，他不在贵店，恐怕也不太方便吧……”

“哪会呢，要说做买卖，龙助只是略知一二，还是生手。不过，从我这个当爹的来看，怎么说呢，他做事是相当稳妥的。”

“哦，到我们店里，猛然一脸严肃地坐在掌柜面前，让大家大吃一惊。”

“就是这么个愣小伙。”水木说罢，又默默地喝酒。

“佐田先生……”

“嗯。”

“龙助到贵店帮忙，即使不是每天都去，但对他的弟弟也是一个督促，真一也会上进。这样我也就轻松一些。真一这孩子性情温顺，龙助现在有时还叫他‘男童’，这种玩笑，他很讨厌……尽管小时候坐过祇园祭的彩车。”

“长得很俊，和我家的千重子可是发小。”

“这位千重子小姐啊……”水木又开始欲言又止。

“这位千重子小姐啊……”水木重复一遍，接着似乎火气十足地说道，“你怎么生出个这么漂亮的小姐啊？”

太吉郎坦诚地回答："这可不是父母亲的本事，这是她天生丽质啊。"

"我想你也知道，你我的店铺大同小异，龙助之所以想去你那儿帮忙，说实在的，他就是想能够和千重子小姐待在一起，哪怕待半小时一小时也愿意。"

太吉郎点点头。水木擦了擦额头，他和龙助的额头倒是很相像："龙助相貌平平，但干活绝对干练精明。我不会强人所难，但万一千重子产生龙助这个人也可以接受的想法，恕我冒昧造次，能不能将龙助作为过门女婿呢？我愿意废嫡①……"说着，他低头恳求。

"废嫡？"太吉郎大为震惊，"那你这么大的批发店谁来继承啊？"

"这就是人生的不幸。我观察到龙助最近的动向，才产生这样的想法。"

"承蒙厚意，深为致谢。不过，这事还是交给两个年轻人将来的心路走向吧。"太吉郎避开水木的强烈意愿，"千重子是个弃儿。"

"弃儿又怎么啦？"水木说道，"我刚才说的话，请你记在心间。那么，龙助到店里帮忙，这就定下来了吧？"

"好。"

---

①废嫡，日本旧民法规定，剥夺继承人的家督继承权。

“谢谢，多谢了。”水木彻底放心了，放开手脚喝酒。

第二天早晨，龙助就到太吉郎的店里，把掌柜和店员召集在一起，清点货物——漆吴服[①]、白绸、刺绣绉绸、一越绉绸[②]、绫子、特等绉绸、平纹粗绸、裲裆、长袖和服、中袖和服、窄袖和服、织锦缎、高级双染绸子、外出和服、腰带、薄绢、和服装饰小物件……

龙助只是看了一遍，一句话也没说。掌柜从上一次开始，就对龙助摸不着头脑，一直不敢抬头。

龙助不顾大家的挽留，在晚饭前就离开了。

入夜以后，有人不轻不重地叩响格子门，是苗子。这个声响只有千重子才能听出来。

“哎呀，苗子，从傍晚天就开始冷了，你来得太好了。”

“……”

“星星都出来了。”

“千重子小姐，我见到您爸妈的时候，该说些什么啊？”

“不用说什么，你就说‘我是苗子’，这就行了。”千重子搂着苗子的肩膀，一边往里走一边问道，“吃晚饭了吗？”

①漆吴服，将漆混合在染料里染织出来的布料。
②一越绉绸，日本绉绸的一种，绉纹较小。

“我在外面吃了寿司，不用了。”

苗子显得很拘谨。千重子的父母亲见到苗子，惊讶得说不出话来，竟然有与女儿如此一模一样的人。

还是母亲繁机灵，说道：“千重子，你们俩上二楼里屋慢慢聊吧。”

千重子牵着苗子的手，走过细长的走廊，上到二楼，点燃暖炉。

“苗子，你过来。”她把苗子叫到穿衣镜前，看着两个人的面容。

“多像啊。”千重子全身感觉热乎乎的，她们对换站立的位置，“真的啊，就是一个娘胎里生出来的。”

苗子说道：“本来就是双胞胎啊。”

“要是人都生双胞胎的话，会是怎么样？”

“那就净认错人了，不觉得麻烦吗？”苗子退后一步，眼睛湿润，“人的命运，天意难料。”

千重子也退一步，和苗子站在一起，使劲摇晃她的肩膀，说道：“苗子，你就不能一直住在我家里吗？爸爸妈妈都这么说……我一个人，真的很孤单……虽然我们在杉树山见面也很快活……”

苗子似乎站立不稳，摇晃着，双膝跪了下去。接着，她摇摇头。同时，泪珠滴落在膝盖上。

“小姐，如今，我们的生活大相径庭。我们的教养也差距悬殊。我无法在室町生活下去。只是这一次，只有这一次，我到店里来。也想让您看看您送给我的和服……而且，小姐你还两次到北山去了呢……”

“……”

“小姐，我们的父母亲遗弃的婴儿是小姐，我可是什么都不知道啊！”

“这事你还是彻底忘了吧。”千重子开通地说道，“我现在并不认为我有过那样的父母亲。”

“我不知道父母亲是否受到天的惩罚……但是，那时我是婴儿，放过我吧。”

“苗子，你有什么罪过什么责任？”

“虽然没有，但是我以前说过，我绝对不能影响您的幸福。”苗子放低声音道，“索性让我消失吧。”

“这绝对不行！”千重子坚定地说道，“这太不公平了……苗子，你不幸福吗？”

“没有。我只是觉得孤寂。”

“不是说幸福是短暂的、孤寂是长久的吗？”千重子说道，“躺下来，咱们慢慢聊。”

千重子从壁橱里搬出卧具。

苗子帮着铺被褥，耳朵倾听屋顶的声音，说道：“这就是幸福。”

千重子见苗子侧耳倾听，问道：“是冬雨，还是霙，或是雨夹雪？”她自己也停下手头的动作。

“不知道是不是小雪。”

“雪吗？”

“多么轻，多么静，都算不上是雪，最多也就是细微的小雪。”

“嗯。”

苗子说道：“山村里经常飘这样的小雪，我们干活，也不在意，不知不觉覆盖在杉树叶上，花一样的白，连干枯的树木的纤细枝梢都染上一层白，太美了。”

“……”

“有的小雪很快就停止，也有的变成雨夹雪，也有的变成冬雨……”

“把挡雨板打开，一看就知道了。”千重子站起来，要往外走，苗子一把抱着她，“别打开，外面冷，而且会有幻灭的感觉。”

“幻、幻，苗子喜欢说‘幻’这个字。”

“幻？”

苗子漂亮的脸蛋嫣然一笑，同时还有一抹淡淡的哀愁。

千重子刚开始铺被窝，苗子连忙说道：“千重子小姐，让我给您铺一次被窝吧。”

两床并排的被窝铺好以后，千重子悄不作声地钻进苗子的被窝里。

“啊，苗子，真暖和。”

“干的活儿不一样，住的地方也不一样……”

苗子紧紧地抱着千重子。

“这样的夜晚，会很冷的。”苗子似乎毫不怕冷，“今天夜晚，粉雪悄悄地下，停下来，再纷纷扬扬……”

“……”

父亲太吉郎和母亲繁也上楼来，走进隔壁的房间。他们年龄大了，使用电毛毯暖和被窝。

苗子的嘴唇贴在千重子耳边，悄声说道：“千重子小姐的被窝已经暖和了。我去旁边的被窝。”

之后，母亲繁把隔扇轻轻拉开一道缝，瞧了瞧两个姑娘的寝室。

第二天一大早，苗子就起床，把千重子摇醒，说道：“小姐，我已经享受了人生最大的幸福。趁着现在没有人，我就回去了。”

正如昨晚苗子所说的那样，粉雪在夜间忽降忽停，现在还在飘飘洒洒，砭人肌骨的寒冷。

千重子起来，说道：“苗子，你没带雨具吧？等一等。”她把自己最好的天鹅绒大衣、折叠伞和高齿木屐拿出来，都给了苗子。

“这是送给你的。你以后还要来啊！”

苗子摇摇头。千重子抓着红格子门，一直目送着她离开。苗子没有回头。少许细雪落在千重子的额发上，立即融化。市街还在宁静地沉睡。

川端康成年谱

明治三十二年（1899）

6月14日生于大阪市北区此花町一丁目七七番地（以往人们都认为他的生日是6月11日，但据最新发现的资料表明他生于6月14日）。家中长子。父亲荣吉是北条泰时的第三十一代远孙，毕业于东京医科学校的开业医生，创办过医院，曾就任大阪某医院的副院长。此外，他还曾在儒家易堂学习，爱好汉诗、文人画，对文学也颇感兴趣。母亲阿源出生于黑田家。上有一姐，名为芳子（生于1895年）。

明治三十四年（1901） 两岁

1月，其父患肺结核去世，因此迁居母亲娘家——大阪府西成郡丰里村字三番住处。

明治三十五年（1902） 三岁

1月，其母去世。跟随祖父三八郎、祖母阿钟回到原籍大阪府三岛郡丰川村大字宿久庄字东村居住。仅其姐芳子被寄养在大阪府东成郡鲶江村大字蒲生处的伯母秋冈家。

明治三十九年（1906） 七岁

进入丰川村小学就读。9月，祖母阿钟辞世。此后约十年间一直与祖父相依为命。7月，其姐芳子病逝。

明治四十五年（1912） 十三岁

考入大阪府立茨木中学。虽然小学时曾立志成为画家，但进入高年级后专注阅读文学书籍，中学二年级时立志成为小说家。

大正三年（1914） 十五岁

5月，祖父去世后成为孤儿，由母亲娘家丰里村的伯父家收养。1925年撰写的《十六岁的日记》记录的就是祖父病逝前后的事情。1949年发表的《拾骨》于1927年创作，记录的则是其为祖父拾骨灰的事情。

大正四年（1915） 十六岁

1月搬入茨木中学的宿舍，住校直至毕业。这一时期喜爱阅读白桦派，特别是武者小路实笃的著作。

大正五年（1916） 十七岁

升入五年级后，成为宿舍长，后以这段时期与同宿舍少年的经历写成《少年》(1948—1949)。在茨木町的小周刊《京阪新闻》上发表短篇小说和短文。向大阪的石丸梧平主办的杂志《团栾》投稿并刊登《肩扛老师的灵柩》，后创作《仓木先生的葬礼》发表于 1927 年的 *KING* 杂志。此外他还向《文章世界》《新潮》《秀才文坛》等杂志投过稿。

大正六年（1917） 十八岁

3 月，从茨木中学毕业，立即前往东京。寄宿在浅草藏前的表兄家，读预科学校时常去浅草公园。9 月，考入第一高等学校一部乙（英文学科）。与石滨金作、酒井真人、铃木彦次郎、守随宪治等人是同学。结识了《三田文学》杂志的新晋作家南部修太郎。在第一高等学校的三年里，一直在校住宿。喜欢阅读俄国文学以及志贺直哉、芥川龙之介的作品。

大正七年（1918） 十九岁

当年秋天，从 10 月 30 日到 11 月 6 日，初次去伊豆旅行，遇见巡回艺人，一路伴随。1922 年，以当时的经历为素材创作了《汤岛的回忆》，随后又创作了《伊豆的舞女》(1926)。此后约十年间，几乎每年都去伊豆汤岛温泉的汤本馆旅行，曾经一年中有大半时间都居住于此。

大正八年（1919） 二十岁

6月，在《一高校友会杂志》上发表了《千代》。

大正九年（1920） 二十一岁

3月，从第一高等学校毕业。4月，进入东京帝国大学文学系英文学科就读。与同学石滨金作、酒井真人、北村喜八、田中总一郎等人以及今东光等策划并第六次复刊《新思潮》。曾拜访菊池宽，并得到其认可，此后长期受到菊池宽关照。

大正十年（1921） 二十二岁

2月，《新思潮》复刊并发行，发表《一个婚约》。与咖啡馆女招待伊藤初代恋爱、订婚，后又毁婚。4月，从东京帝国大学英文学科转到国文学科；当月在《新思潮》二号刊上发表《招魂祭一景》，受到菊池宽、久米正雄等人的关注。7月，在《新思潮》三号刊上发表了《油》。12月，在《新潮》上发表了《南部氏的风格》(对南部修太郎第二作品集《湖水之上》的批评)，首次获得了稿酬。同年，居住在菊池宽家，认识了芥川龙之介、久米正雄、横光利一等，并与他们建立了友谊。移居到浅草小岛町七二坂光子方。

大正十一年（1922） 二十三岁

在《文章俱乐部》一月刊上发表了译作高尔斯华绥的《街道》、丁尼生的《死亡绿洲》、契诃夫的《散戏之后》。2 月，受文艺栏编辑佐佐木茂索的关照，在《时事新报》上发表评论《本月的创作界》。发表小说《新晴》。此后，到翌年为止，他多次在杂志上发表文艺月评，这也成为他此后二十年间不断发表文艺述评的契机。3 月，在《新思潮》上发表了《一节》。在《新潮》七、八月刊上连载了《里见弴氏的一种倾向》。同年，先后辗转移居于本乡区驹込林町二二佐佐木方、驹込林町永宫方和本乡区千驮木町三八牧濑方等处。

大正十二年（1923） 二十四岁

1 月，成为菊池宽创刊的《文艺春秋》编辑同人，在《文艺春秋》创刊号上发表了《林金花的忧郁》（此后收入《浅草红团》中）。2 月，与《新思潮》的同人们成为该刊的编辑同人。4 月，分别在《文章俱乐部》四月刊上发表了《少男与少女和板车》，在《文艺春秋》四月刊上发表了《精灵祭》，在《文艺春秋》五月刊上发表了《会葬的名人》（后改名为《参加葬礼的名人》）。

7月，在复刊的《新思潮》上发表了《南方的火》。在《文艺春秋》九月刊上发表了《文艺春秋的作家》。9月1日，在本乡区千驮木町经历了关东大地震，所幸无恙。10月，在《时事新报》十月刊上发表了《余烬文艺的作品》。11月，在《文艺春秋》十一月刊上发表了《观火》《向阳》。

大正十三年（1924） 二十五岁

在《新小说》三月刊上发表了《篝火》(《南方的火》的续篇）。3月，从东京帝国大学国文学科毕业，毕业论文《日本小说史小论》；征兵体检不合格；以《关于日本小说史研究》为题，将毕业论文《日本小说史小论》的序发表在《艺术解放》三月刊上，并将《人间随笔·最近的菊池宽氏》中的一篇《纵容年轻人》发表在《新潮》四月刊上。与新晋作家伊藤贵麿、石滨金作、片冈铁兵、横光利一、中河与一、今东光、佐佐木茂索等创刊同人杂志《文艺时代》，以十月刊为创刊号，写了《创刊辞》。发起新感觉派运动。发表《蝗虫与金钟儿》《相片》，创作掌小说集。10月，在《读卖新闻》上发表了《〈文艺时代〉与〈文艺春秋〉》。先后在《文艺春秋》十二月刊上发表了《非常》(《南方的火》的续篇），在《文艺时代》十二月刊上发表了《短篇集》（掌小说《月》《金丝雀》等）。

大正十四年（1925） 二十六岁

先后在《文章俱乐部》一月刊上发表了《我的故事》，在《文艺时代》一月刊上发表了《新晋作家的新倾向解说》。此后又分别在《文艺时代》二月刊上发表了《落日》，在《新潮》二月刊上发表了《落叶与父母》（后期改名为《孤儿的感情》）。在《文艺春秋》三月刊上发表了《汤岛温泉》。这一年他长期居住在汤岛。在《文艺时代》八、九月刊上发表了《诸杂志创作评》。在《妇人公论》六月刊上发表了《燕》。在《文艺春秋》八、九月刊上发表了《十六岁日记》和《续十六岁日记》。在《文艺时代》十一月、十二月刊上陆续发表了《第二短篇集》（掌小说《二十年》《滑岩》等）、《第三短篇集》（掌小说《谢谢》《万岁》等）。这一年曾短暂居住在本乡区林町一九零丰秀馆。发表《新感觉派辩》《母亲》。

大正十五年（1926） 二十七岁

与秀子同居。在《文艺时代》一、二月刊上连载了《伊豆的舞女》。在《文艺春秋》一月刊上发表了《掌小说的流行》。在《文艺春秋》四月刊上发表了《第四短篇集》（《殉情》《近冬》等）。这一年的大部分时间都是在汤岛度过的。此时曾短暂居住在麻布区宫村町大桥方处，不久移居至市谷左内坂。此外，这一时期还与片冈铁兵、岸田国士、横光利一加入了衣笠贞之助的“新感觉派电影联盟”，创作出的剧本《疯狂的一页》，在京都下贺茂被拍摄成了电影，并获得全关西电影联盟颁发的年度优秀电影奖。然而，仅拍摄了这一部电影，新感觉派电影联盟便解散了。6 月，金星堂出版了他的短篇集处女作《感情的装饰》，五十多位前辈及好友出席了该作品的出版纪念会。在《文艺时代》八、九月刊上发表了《屋顶的金鱼》《祖母》。当年夏天在逗子租了房子，与石滨金作、片冈铁兵、横光利一等人合住。9 月，回到汤岛。

昭和二年（1927） 二十八岁

3 月，金星堂出版了短篇集《伊豆的舞女》。同月，文艺春秋社创办了一人一页随笔形式的同人杂志《手帖》，他发表了《从秋到冬》。4 月，为了出席横光利一的结婚典礼，他前往东京，随后并未返回汤岛，而是居住在东京府下杉并町马桥二二六号。在《文艺时代》四、五月刊上发表了《梅花的红蕊》《柳绿花红》。在《文艺春秋》五月刊上发表了《第五短篇集》。5 月，与池谷信三郎前往关西地区进行旅行演讲。6 月，与菊池宽等人前往东北地区进行旅行演讲。11 月，租住在热海温泉小泽的别墅中。发表《蔷薇之幽灵》《处女作作祟》《关于掌小说》等。

昭和三年（1928） 二十九岁

在《文艺春秋》一月刊上发表了文坛时评《片冈、横光等人的立场》。在《文艺春秋》五月刊上发表了《死者之书》。5月，受尾崎士郎的邀请，迁居至东京市外大森马込东。发表《贫者的恋人》《三等候车室》等掌小说。

昭和四年（1929） 三十岁

陆续在《文艺春秋》一月刊到十月刊上发表了数篇《文艺时评》。在《文艺春秋》四月刊上发表了《尸体介绍人》。4月，《近代生活》创刊，他成为该杂志的同人并发表了《橘康哉》。在《祖国》八月刊上发表了《尸体的复仇》(《尸体介绍人》的续篇）。8月，作为《新晋杰作小说全集》第十一卷，平凡社出版了《川端康成集》。9月，他从大森移居至下谷区上野樱木町。随后分别在《改造》十月刊上发表了《温泉旅馆》，在《文艺春秋》十月刊上发表了《某种诗风和画风》。10月，加入堀辰雄、深田久弥、永井龙男、吉村铁太郎等人创办的同人杂志《文学》。11月，Casino Folies 轻演剧团在浅草成立，结识了该团的文艺成员及舞女们。从12月到翌年2月在《朝日新闻》(晚报）上连载新闻小说《浅草红团》。发表《新人才华》等。

昭和五年（1930） 三十一岁

先后在《文艺春秋》一月刊上发表了《她们与道路》，在《文学》一、二月刊上发表了《作家与作品》。在《文学时代》四月刊上发表了《有花的照片》。4月，作为新兴艺术派丛书之一，新潮社出版了他的作品《我的标本室》。受文化学院文学部长菊池宽的讲课邀请，担任该学部的讲师，每周讲一次课。在改造社出版的《日本地理体系》中发表了一篇《浅草》。先后在《改造》五月刊上发表了《〈鬼熊〉之死与舞女》，在《文学时代》五月刊上发表了《鸡与舞女》。在《文学时代》六月刊上发表了《新兴艺术派的作品》。在《中央公论》七月刊上发表了《风铃王的美国故事》。先后在《改造》九月刊上连载了新闻小说《浅草红团》，在《新潮》九月刊上发表了其续篇《赤带会》。10月，作为新兴艺术派丛书之一，新潮社出版了他的《有花的照片》。12月，先进社出版了《浅草红团》。发表《针、玻璃和雾》等。

昭和六年（1931） 三十二岁

与秀子办理结婚手续。在《改造》一月刊上发表了《水晶幻想》。1月，分别在《周刊朝日》上发表了《浅草日记》，在《新潮》二月刊上发表了《浅草的女人》（《浅草日记》的续篇）。4月，《浅草红团》等被收录在改造社刊现代日本文学全集《新兴艺术派文学集》中。在《改造》七月刊上发表了《镜子》（《水晶幻想》的续篇）。在《新潮》十月刊上发表了《水仙》。在《中央公论》上发表了《文艺时评》。在《新潮》十二月刊上发表了《一九三一年的创作界印象》。这一年，结识了古贺春江。发表

《仲夏的盛装》《伊豆序说》等。

昭和七年（1932） 三十三岁

先后在《新潮》一月刊上发表了《旅行的人》，在《文艺春秋》一月刊上发表了收录在该杂志十周年纪念版《十年回顾》中的《菊池宽的家》。1月，他的作品被收录在春阳堂刊《明治大正文学全集》的《现代作家篇》之中。先后在《中央公论》二月刊上发表了《抒情歌》，在《改造》二月刊上发表了《我的爱犬记》。2月，在《读卖新闻》上发表了《菊池宽氏的〈胜败〉与直木三十五氏的〈青春行状记〉》。4月、5月先后在《文艺春秋》四月刊上发表了《短篇集》，在《文学时代》四月刊上发表了《背影》，在《朝日新闻》上发表了《文艺时评》。在《改造》五月刊上发表了《目睹那些的人们》。在《现代日本》六月刊至十二月刊上连载了《浅草九宫鸟》。在《新潮》八月刊上发表了《消失的女人》。8月，在《读卖新闻》上发表了《文艺时评》。从9月到12月，在《朝日新闻》上连载《化妆与口哨》。在《改造》十月刊上发表了《慰灵歌》。发表《雨伞》《致父母亲的信》等。

昭和八年（1933） 三十四岁

在《改造》一月刊上发表了《我的舞姬记》，在《改造》二月刊上发表了《二十岁》。2月，《伊豆的舞女》由五所平之助导演拍成电影。在《文艺春秋》四月刊上发表了《睡颜》。6月，新潮社出版了《化妆与口哨》。在《改造》七月刊上发表了《禽兽》。在上总兴津度过了夏天。10月，与武田麟太郎、林房雄、小林秀雄等人在文化公论社创办了杂志《文学界》，发表了《信》。在《改造》十一月刊上发表了《凋零》。又先后在《文学界》十二月刊上发表了《泷子》(《凋零》的续篇)，在《文艺》十二月刊上发表了《临终之眼》。友人池谷信三郎去世。发表《学校之花》等。

昭和九年（1934） 三十五岁

先后在《新潮》一月刊上发表了《现身的女人》，在《文艺》一月刊上发表了《若有若无》。1月，文艺恳话会成立，他入会成为会员。将《追忆池谷信三郎》中的一篇以《明朗的遗容》为题发表在《文艺春秋》二月刊上。在《中央公论》三月刊上连载《虹》(此后在《文艺》四月刊上发表《舞女》，在《文艺春秋》六月刊上发表《夏》，在《中央公论》十月刊上发表《四竹》，在《现代日本》上发表《浅草殉情》，结束了《虹》的连载)。4月，作为文艺复兴丛书系列之一，改造社出版了他的短篇集《水晶幻想》。又先后在《改造》五月刊上发表了《随机杀人魔》(《凋零》的续篇)，在《新潮》五月刊上发表了《文学自传》，在《文艺》五月刊上发表了《人间直木三十五》。在《现代日本》八月刊到十二月刊上连载了《水上情死》。此外，在《文艺》九月刊到翌年二月刊上连载了《浅草红团》的续篇《浅草祭》。10月，改造社出版了《川端康成集》第一卷《随笔批评集》。12月，去越后旅行，开始写《雪国》。同月，竹村书房出版了他的作品《抒情歌》。

昭和十年（1935） 三十六岁

《文艺春秋》一月刊上公布了芥川奖、直木奖的评选规定，他担任文艺春秋社创设的芥川奖、直木奖评委。在《文艺春秋》一月刊上发表了《暮景的镜》（此后分别在《改造》一月刊上连载《白昼的镜》，在《日本评论》十一月刊上连载《物语》，在《日本评论》十二月刊上连载《徒劳》，在《中央公论》1936年八月刊上连载《芭茅花》，在《文艺春秋》1936年十一月刊上连载《火枕》，在《改造》1937年五月刊上连载了《毛球歌》。同年6月，将这些汇总整理，并续写了新稿，形成作品《雪国》，由创元社出版。此外，又在《中央公论》1904年十二月刊上连载《雪中火场》，在《晓钟》1946年五月刊上连载《雪国抄》，在《小说新潮》1947年十月刊上连载了《续雪国》，至此完成了作品《雪国》）。在《行动》一月刊上发表了《横光利一氏》。1月，在《福冈日日新闻》《河北新报》《新爱知》《北海时代》上连载了《舞姬的日历》。在《新潮》二、三月刊上发表了《文艺时评》。

5月，野田书房出版了他的作品《禽兽》。在《文艺春秋》六月刊到十二月刊上连续发表《文艺时评》。在《妇人公论》七月刊上发表了《纯粹的声音》。10月，他的作品《浅草的姐妹》被成濑巳喜男导演改编并拍成电影《浅草三姐妹》。在《文艺通信》十一月刊上发表了《关于芥川奖，致太宰治氏》。迁居镰仓，此后一直居住此地。

昭和十一年（1936） 三十七岁

先后在《改造》一月刊上发表了《意大利之歌》，在《文艺春秋》一月刊上发表了《见此之时》。1月，《文艺恳话会》创刊，他成为编辑同人，发表了《紫外线杂言》。在《改造》四、五月刊上发表了《花之圆舞曲》。在《文学界》七月刊上发表其续篇《瘸腿人的舞蹈》。当年夏天，从神津牧场前往轻井泽，并逗留于此。9月，沙罗书房出版了他的作品《纯粹的声音》。在《改造》十月刊上发表了《父母》。在《333》杂志十二月刊上发表了《夕阳下的少女》。12月，改造社出版了他的作品《花之圆舞曲》。在《报知新闻》上连载《少女开眼》，1937年7月完结。当年，受林房雄的邀请，迁居至神奈川县镰仓町明净寺宅间谷。此外，成为新潮奖、池谷信三郎奖的评委。11月，作品社出版了古谷纲武的作品《川端康成》。发表《花之湖》《波斯菊的朋友》《芭茅花》《火枕》等。

昭和十二年（1937） 三十八岁

在《文艺》一月刊上发表了《最后的舞蹈》(《花之圆舞曲》的续篇)。在《妇人公论》六月刊上开始连载《牧歌》，于翌年12月完成。7月，因创元社6月出版的《雪国》，获得文艺恳话会奖。同月，竹村书房出版了他的短篇集《少女心》。7月到11月他一直居住在轻井泽。此外，在文化学院的暑期讲习会上做了题为《文学》的演讲，随后以《话说信浓》为题收录于《文艺》十月刊。12月，创元社出版了他的作品《少女开眼》。同年，移居至镰仓町二阶堂三二五处。发表《少女之港》《夏天的友谊》《高原》。

昭和十三年（1938） 三十九岁

在《中央公论》一月刊上发表了《插花》。先后在《文学界》二、三月刊上发表了给北条民雄的《追悼记序》及《关于北条民雄的遗稿》。4月，改造社开始出版共九卷的《川端康成全集》，于1939年12月全部出版完成。7月到12月，在《东京日日新闻》《大阪每日新闻》上连载《名人引退围棋观战记》，随即改编为《名人》。7月，担任日本文学振兴会理事。在《文艺春秋》十月刊上发表了《百日堂先生》。11月，岩波书店出版了《抒情歌》。在《日本评论》十二月刊上发表了《高原》(此后分期刊载）。改造社出版了《川端康成选集》。发表《我写围棋观战记》《考试的时候》等。

昭和十四年（1939） 四十岁

在《大陆》二月刊上发表了《故人之园》。2月，任菊池宽奖评委。在《日本评论》七月刊上发表了《冈本加乃子的作品》。先后在《改造》十月刊上发表了《初秋高原》，在《现代日本》十月刊上发表了《电影院前》。11月，砂子屋书房出版了“黑白丛书”第二卷《短篇集》。在《公论》十二月刊上发表了《杉之家》(《高原》的续篇)。《少女开眼》拍成电影。发表《哥哥的遗曲》《观战记》，连载《美之旅》等。

昭和十五年（1940） 四十一岁

在《中央公论》一月刊上发表了《正月头三日》。在《妇人公论》一号刊上发表了《母亲的初恋》，此后也经常发表短篇小说。《燕子童女》与《旅人》也是其中之一。发表《雪中火场》等。2月，新潮社出版了其作品《昭和名作选集·花之圆舞曲》。9月，改造社出版了《新日本文学全集》第二卷之《川端康成集》。10月，他参与发起成立了日本文学者会。12月，新声阁出版了《正月头三日》。

昭和十六年（1941） 四十二岁

先后在《文艺春秋》一月刊上发表了《义眼》，在《日本评论》一月刊上发表了《寒风》，在《改造》二月刊上发表了《冬事》(《寒风》的续篇)。受《大连日日新闻》的邀请，从春天到初夏，与吴清源、村松梢风一起前往中国。在哈尔滨与一行人分别后，前往北京。7月，再次受邀前往中国东北地区；12月，回到日本，数日后，太平洋战争爆发。12月，新潮社出版了他的短篇小说集《爱的人们》，汇总了前一年连载在《妇人公论》上的短篇小说。发表《银河》等。

昭和十七年（1942） 四十三岁

在《文学界》三月刊上发表了《满洲的书》。在《改造》四月刊上发表了《赤色的足》(《寒风》的续篇)。5月，作为《三大名作全集》第二卷，河出书房出版了《川端康成集》。7月，甲鸟书林出版了他的作品《高原》。8月，他与岛崎藤村、志贺直哉、里见弴、泷井孝作、武田麟太郎等人一起，成为新创办的季刊志《八云》的同人。在第一集中发表了《名人》。编辑《满洲各民族创作选集》。发表《日本的母亲》《英灵的遗文》等。

昭和十八年（1943） 四十四岁

在《文艺》二、三月刊上连载了《父亲的名字》。在《新潮》

五月刊上发表了《石榴》。从《文艺》六月刊开始到 1945 年一月刊为止，先后连载了《故园》。在《日本评论》八、十二月刊上发表了《名人》的一部分《夕阳》。

昭和十九年（1944） 四十五岁

4 月在《文艺》上发表了《冬之曲》。作为海军报道班成员去鹿儿岛县鹿屋海军航空队特攻基地采访，大约待了一个月。5 月，与久米正雄、中山义秀、高见顺等侨居镰仓的作家们在镰仓八幡大街创办了一家名为“镰仓文库”的租书屋。8 月，第二次世界大战结束后，受大同制纸之邀，将租书屋改为出版社镰仓文库，开始出版经营。这一年里每天都去日本桥白木屋的办公室办公。11 月，在《新潮》上发表了《追悼岛木健作》。

昭和二十年（1945） 四十六岁

作为海军报道班成员去鹿儿岛县鹿屋海军航空队特攻基地采访。8 月 15 日，与夫人、女儿一起在家里收听天皇的“8·15”无条件投降广播。9 月，创办镰仓文库，开始出版经营。

昭和二十一年（1946） 四十七岁

1 月，镰仓文库创办了杂志《人间》。他在创刊号上发表了文章《女人的手》，全心投入镰仓文库的编辑工作。后迁居至长谷二六四号处，后半生长居于此。2月，在《世界》上发表《重逢》，在《新潮》上发表了《插曲》。新潮社出版了他的短篇小说集《朝云》。4月，在《东京新闻》上发表《致武田麟太郎悼辞》。6—7月，连续在《文艺春秋》上发表了《过去》(《重逢》的续篇)。12月，在《新潮》上发表了《山茶花》。此外，当年还发表了《感伤之塔》《雪国抄》等。

昭和二十二年(1947) 四十八岁

继续镰仓文库的工作。4月，在《世界文化》上发表了《花》(节选自《名人》)。10月，分别在《风雪别册》上发表了《反桥》，在《小说新潮》上发表了《续雪国》。12月，在《妇人文库》上发表了《梦》。当月，永晃社出版了《女性开眼》修订版。横光利一去世。此外，还发表了《哀愁》，历经十三年的《雪国》定稿。

昭和二十三年(1948) 四十九岁

1月，在《改造》上发表了《未亡人》。并且从这月开始在《新潮》上断断续续地连载了《再婚者手记》(后改名为《再婚者》)，直至8月完结。3月，菊池宽去世。5月，在《人间》上断断续续地连载《少年》，于1952年修改、完结。新潮社出版了《川端康成全集》(十六卷本)。6月，代替志贺直哉，担任日本笔会第二任会长(至1965年10月)。11月，在《读卖新闻》上发表了《东京审判的老人们》。12 月，创元社出版了《雪国》完结版。此外还发表了《再婚的女人》《拱桥》《离婚家庭的孩子》等。

昭和二十四年（1949） 五十岁

1 月，在《文艺往来》上发表了《阵雨》。4 月，在《个性》上发表了《住吉物语》(后改名为《住吉》)。5 月，在《读物时事别册》上发表了《千只鹤》。(8 月，在《别册文艺春秋》上发表了《森林的夕阳》；翌年 1 月，在《小说公园》上发表了《绘志野》；11—12 月在《小说公园》上发表了《母亲的口红》；1951 年 10 月，在《别册文艺春秋》上发表了《二重星》。这一系列文章最终形成连载作品《千只鹤》)。7 月，任"横光利一奖"（改造社）评委。9 月，在《改造文艺》上发表了《山音》。[10 月，分别在《群像》上发表了《向日葵》(后改名为《蝉的翅膀》)，在《新潮》上发表了《云焰》；12 月，在《世界春秋》上发表了《栗子的果实》。翌年 1 月在《世界春秋》上发表了《女人的家》；4 月，在《改造》上发表了《岛之梦》；5 月，在《新潮》上发表了《冬樱》。1951 年 10 月，在《文学界》上发表了《清晨之水》。1952 年 3 月，在《群像》上发表了《夜之声》；6 月，在《别册文艺春秋》上发表了《春钟》；10 月，在《新潮》上发表了《鸟之家》；12 月，在《别册文艺春秋》上发表了《受伤之后》。1953 年 1 月，在《新潮》上发表了《都苑》；4 月，在《改造》上发表了《雨中》; 10月分别在《别册文艺春秋》上发表了《蚊子之梦》(后改名为《蚊子的群体)和《蛇卵》。1954年4月，在《OORU读物》上发表了《鸠音》(后改名为《秋鱼》)。这一系列文章最终形成连载作品《山音》。] 10月，在《文艺往来》上发表了《拾骨》。当年秋天，受广岛市之邀，与日本笔会的丰岛与志雄、青野季吉等人一同看望了原子弹爆炸中的受害者们。12月，由细川书店出版《哀愁》。

昭和二十五年(1950) 五十一岁

3月，在《妇人生活》上连载《彩虹几度》，于翌年4月完结。当年春天，与日本笔会的会员一起前往广岛、长崎的原子弹爆炸受害地区慰问。5月，在《人间》上发表了《卵·瀑布》。在《别册文艺春秋》上发表了《地狱》，7月，在《文艺》上发表了《蛇》。8月，中央公论社出版了《浅草物语》。12月，开始在《朝日新闻》上连载《舞姬》，于翌年3月完结。在《别册文艺春秋》上发表了《来自北方的海》。此外，这一年镰仓文库倒闭。此外，还连载了《天授之子》《虹》《花未眠》《竹叶舟》等。

昭和二十六年(1951) 五十二岁

1月，在《新潮》上发表了《项圈》，在《中央公论》上发表了《路易》。5月，在《别册文艺春秋》上发表了《玉响》。7

月，朝日新闻社出版了《舞姬》，随后拍成电影。8月，在《新潮》上发表了修改后《名人》。10月，前往冈山县吉野村，出席片冈铁兵胸像的揭幕仪式。

昭和二十七年（1952） 五十三岁

1月，开始在《妇人公论》上连载《日兮月兮》，于翌年5月完结。2月，筑摩书房出版了《千只鹤》（该书还收录了已发表的作品《山音》），因此获得了1951年度艺术院奖。随后还改编成了歌舞伎等。在《新潮》上连载随笔《月下之门》，11月完结。当年秋天，前往关西地区旅行演讲，随即又前往大分县旅行。11月，在《文艺》上发表了《明月》。12月，在《OORU读物》上发表了《富士的初雪》。这一年《浅草红团》拍成电影。还发表了《翼的抒情歌》《新文章论》等。

昭和二十八年（1953） 五十四岁

1月，在《妇人画报》上连载《河边小镇的故事》，12月完结。当月，吉村公三郎导演将《千只鹤》拍成了电影。3月，角川书店出版了昭和文学全集之《川端康成集》。4月，在《小说新潮》上连载《千只鹤》的续篇《波千鸟》，于12月完结。6月，岛耕二导演将《浅草物语》拍成电影。当年夏天，前往九州旅行演讲，途中还去了九重高原。随即于第二次世界大战后首次旅居轻井泽。11月，在《文艺春秋》上发表了《水月》。当选为艺术院会员。还发表了《吴清源谈棋》等。

昭和二十九年（1954） 五十五岁

1月，开始在《新潮》上连载《湖》，于12月完结。在《文艺》上发表了《小春日》。继成濑巳喜男导演将《山音》拍成电影后，3月，野村芳太郎导演也将《伊豆的舞女》拍成电影。5月，《山音》完结后出版，因此获当年第七届野间文学奖。陆续在《北海道新闻》《中部日本新闻》《西日本新闻》上连载《东京人》，连载五百零五次，于翌年10月完结。8月，在《知性》上发表了《离合》。当年，创作的舞台剧本《船上的妓女》经西川鲤三郎编导，在全国各地上演。《母亲的初恋》拍成电影。1948年起开始出版的《川端康成全集》十六卷出齐。

昭和三十年（1955） 五十六岁

1月，陆续在《文艺》上连载《某人的有生之年》，于1957年1月完结。衣笠贞之助导演将《河边小镇的故事》拍成电影（大映）。当月，新潮社出版了《东京人》（四卷本）。4月，在《新潮》上发表了《故乡》，并且新潮社出版了他的作品《湖》。5月，在《文艺春秋》上发表了《梦中创作的小说》。6月，在《文艺》上发表了《悲伤的代价》等。7月，在《群像》上发表了《车中的女人》；角川书店出版了他的短篇集《玉响》。11月，筑摩书房出版了现代日本文学全集《川端康成集》。此外，《故乡之音》改编成舞蹈剧。还连载了《青春追忆》，发表了《彩虹几度》等。

昭和三十一年（1956） 五十七岁

1月，在《小说新潮》上发表了《那国这国》。新潮社出版了《川端康成选集》（十卷本）。2月，岛耕二导演将《彩虹几度》拍成电影。3月，在《朝日新闻》上连载《生为女人》，连载二百五十次，于11月完结。4月，在《小说新潮》上发表了《那国这国》的续篇《邻人》。9月在《文学界》上发表了《某日》。10月，新潮社出版了《生为女人（一）》。当年，塞登斯蒂克翻译的《雪国》在美国出版，八代幸代翻译的《千只鹤》在德国出版。《东京人》拍成电影。

昭和三十二年（1957） 五十八岁

1月，新潮社出版了《生为女人（二）》。3月，为了出席国际笔会执行委员会，与松冈洋子一起前往欧洲，见到了莫里亚克、艾略特，于5月返回日本。9月，作为会长四处奔走筹备并主持召开第二十九届国际笔会东京大会。《雪国》拍成电影。发表《风中之路》《东西方文化的桥梁》等。

昭和三十三年（1958） 五十九岁

1月，在《新潮》上发表了《弓浦市》，在《文艺春秋》上发表了《街道树》。2月，出任国际笔会副会长。3月，因其筹备国际笔会召开所做出的贡献，获得第六届菊池宽奖。6月，前往冲绳考察。当年，因患胆囊炎进东大医院住院，于翌年4月出院。《生为女人》拍成电影。

昭和三十四年（1959） 六十岁

5月，在法兰克福第三十届国际笔会大会上获歌德奖。7月，在《中央公论》上发表了《来自远方的大诗人》。9月，在《新潮》上连载《旧日记》，于12月完结。11月，新潮社出版《川端康成全集》（十二卷本），于1962年8月出版完成。《风中之路》拍成电影。

昭和三十五年（1960） 六十一岁

1月，开始在《新潮》上断断续续地连载《睡美人》，于翌年11月完结。冬春之际，经常前往京都、奈良。获法国政府授予的艺术文化军官级勋章。5月，受美国国务院之邀，前往美国。7月，出席了在巴西里约热内卢、圣保罗召开的国际笔会大会，于8月返回日本。8月，在《朝日新闻》上发表了《日本文学介绍——致未来之国巴西》。当年秋天，于东大冲中内科（第三内科）住院，年底出院。《伊豆的舞女》第三次拍成电影。

昭和三十六年（1961） 六十二岁

1月，在《妇人公论》上连载《美丽与哀愁》，于1963年10月完结。在《风景》上连载《岸惠子的婚礼》，于9月完结。10月，在《朝日新闻》上连载《古都》，于翌年1月完结。11月，获第二十一届文化勋章。新潮社出版了《睡美人》，因此次年获得每日出版文化奖。

昭和三十七年（1962） 六十三岁

6月，新潮社出版了《古都》。8月，在《每日新闻》上发表了《自慢十话》。10月，在《风景》上连载《落花流水》，于1964年12月完结。参加了呼吁世界七人委员会。11月陆续在《朝日新闻》PR版上发表了《秋雨》《信》《邻人》《树上》《骑马服》等掌小说。出现安眠药成瘾症状，进东大医院住院，连续十天昏迷不醒。《古都》改编成话剧。

昭和三十八年（1963） 六十四岁

2月，在《文艺春秋》上发表了《人之中》。4月，财团法人日本近代文学博物馆创建，担任监事及近代文学博物馆委员长，随后出任募捐委员长。8月，在《新潮》上断断续续地连载

《一只胳膊》，于翌年1月完结。《文艺》八月刊编辑了“川端康成特集”。《古都》拍成电影，《伊豆的舞女》第四次拍成电影。发表《喜鹊》等掌小说。

昭和三十九年（1964） 六十五岁

1月，修改了《某人的有生之年》，并发表在《文艺》杂志上。6月，在《新潮》上开始断断续续地连载《蒲公英》，1968年10月，在第二十二次连载后停笔。6月，出席在挪威奥斯陆召开的国际笔会大会。随后周游欧洲各地，于8月返回日本。发表《雪》《久违的人》等掌小说。

昭和四十年（1965） 六十六岁

2月，中央公论社汇总并出版了《美丽与哀愁》。筱田正浩导演将其拍成了电影。4月开始约一年里，NHK电视台一直在播放改编成电视连续剧的《玉响》。10月，辞去自1948年以来已担任十八年的日本笔会会长的职务。出席伊豆汤岛温泉建立的《伊豆的舞女》文学碑揭幕仪式。

昭和四十一年（1966） 六十七岁

1月至3月，因患肝炎住院。在4月18日的笔会大会上，为感谢他作为会长多年所做出的贡献，赠予他高田博厚制作的胸像。5月，新潮社出版了《落花流水》。8月，集英社出版了日本文学全集《川端康成集（一）》。《千只鹤》在丹麦翻译出版。《湖》拍成电影。

昭和四十二年（1967） 六十八岁

5月至1969年1月，在《风景》上连载《一草一花》。6月，集英社出版了日本文学全集《川端康成集（二）》。8月，成为日本世博会的政府出展恳谈会委员。11月至翌年11月，再次在《新潮》上连载《蒲公英》，但未完结。12月，大和书房出版了他的短篇小说、随笔集《月下之门》。《伊豆的舞女》第五次拍成电影。担任日本近代文学馆名誉顾问。

昭和四十三年（1968） 六十九岁

在6—7月参议院选举期间，担任朋友今东光的选举事务长，发表了支持演讲。10月，确定获得诺贝尔文学奖，成为第一个获诺贝尔文学奖的日本人。12月10日在斯德哥尔摩领奖，并在瑞典科学院发表讲演《我在美丽的日本——序说》。当月，被授予茨木名誉市民称号。《睡美人》拍成电影。

昭和四十四年（1969） 七十岁

1月6日，结束诺贝尔奖的领奖之旅，返回日本。在《新潮》上发表了《夕日野》。3 月至 6 月，在夏威夷大学讲授日本文学，作《美的存在与发现》特别讲演，被赠予夏威夷大学名誉文学博士称号。当选为美国艺术文艺学会的名誉会员。3 月，新潮社出版了《川端康成全集》（十四卷本）。讲谈社出版了《我在美丽的日本——序说》。4 月 27 日至 5 月 11 日，川端康成展在东京新宿的伊势丹举办，随后又陆续在大阪、福冈、名古屋展出。5 月 3 日在《每日新闻》上发表了《美的存在与发现》。9 月 11 日，为了出席在旧金山举行的“移民百年纪念旧金山日本周”前往美国，并做了《日本文学之美》特别讲演，24 日返回日本。被授予镰仓市名誉市民称号。《日兮月兮》拍成电影。

昭和四十五年（1970） 七十一岁

分别在 1 月和 3 月的《新潮》上发表了《伊藤整》和《鸢飞舞的西边天空》。5 月至 7 月，在《风景》上发表《一草一花》。6 月，受邀出席在台北举行的亚洲作家大会，随后顺便又出席了在首尔举行第三十七届国际笔会大会。11 月 25 日，三岛由纪夫自杀，任治丧委员会委员长。12 月，在《海》上发表了《竹声桃花》。此外还设立“川端文学研究会”。发表《长发》等。

昭和四十六年（1971） 七十二岁

分别在 1 月和 3 月的《新潮》上发表了《三岛由纪夫》和

《书》。在4月12日的东京都知事选举中支持候选人奏野章。11月，在《新潮》(第八百号纪念刊)上发表了《隅田川》。12月，任日本近代文学馆名誉馆长。当月至翌年3月，在《新潮》上连载《志贺直哉》，未完结。

昭和四十七年（1972） 七十三岁

2月，在《文艺春秋》创刊五十周年纪念刊上发表了《如梦如幻》。患盲肠炎做手术，出院后静养期间，于4月16日夜被发现在神奈川县逗子市小坪5-419-2的逗子玛丽娜公寓工作间内含煤气管自杀。推测死亡时间在当晚6点左右。没有留下任何遗书。5月27日，由日本笔会、日本文艺家协会、日本近代文学馆举行“三团体葬”。

图书在版编目（CIP）数据

古都 /（日）川端康成著；郑民钦译. --北京：
现代出版社，2023.3

ISBN 978-7-5231-0121-6

Ⅰ. ①古… Ⅱ. ①川… ②郑… Ⅲ. ①中篇小说—日本—现代 Ⅳ. ①I313.45

中国国家版本馆CIP数据核字（2023）第015204号

古　都

作　　者：［日］川端康成
译　　者：郑民钦
责任编辑：朱文婷　王　羽
出版发行：现代出版社
通信地址：北京市安定门外安华里504号
邮政编码：100011
电　　话：010-64267325　64245264（传真）
网　　址：www.1980xd.com
印　　刷：三河市中晟雅豪印务有限公司

字　　数：161千字
开　　本：880mm×1230mm　1/32
印　　张：9
版　　次：2023年4月第1版
印　　次：2023年4月第1次印刷
书　　号：ISBN 978-7-5231-0121-6
定　　价：52.80元

川端康成・古都

かわばた　やすなり　　こと

只读

时间宝贵，我们只读好书。

—和风译丛—

001 太宰治《人间失格》(平装)
002 太宰治《惜别》(平装)
003 织田作之助《夫妇善哉》(平装)
004 宫泽贤治《银河铁道之夜》(平装)
005 坂口安吾《都会中的孤岛》(平装)
006 上村松园《青眉抄》
007 太宰治《关于爱与美》
008 谷崎润一郎《黑白》
009 梶井基次郎《柠檬》
010 幸田露伴《五重塔》
011 宫泽贤治《银河铁道之夜》(精装)
012 太宰治《人间失格》(精装)
013 太宰治《惜别》(精装)
014 芥川龙之介《罗生门》
015 泉镜花《汤岛之恋》
016 夏目漱石《我是猫》
017 樋口一叶《十三夜》
018 尾崎红叶《金色夜叉》
019 坂口安吾《都会中的孤岛》(精装)
020 樋口一叶《青梅竹马》

只读

时间宝贵，我们只读好书。

021 织田作之助《夫妇善哉》(精装)
022 太宰治《虚构的彷徨》
023 太宰治《他非昔日他》
024 小泉八云《怪谈：灵之日本》
025 小泉八云《影》
026 谷崎润一郎《盲目物语》
027 谷崎润一郎《细雪》
028 太宰治《富岳百景》
029 太宰治《东京八景》
030 太宰治《黄金风景》
031 横光利一《春天乘着马车来》
032 谷崎润一郎《少将滋干之母》
033 谷崎润一郎《猫与庄造与两个女人》
034 永井荷风《梅雨前后》
035 樋口一叶《五月雨》
036 永井荷风《地狱之花》
037 永井荷风《晴日木屐》
038 芥川龙之介《英雄之器》
039 谷崎润一郎《秘密》
040 芥川龙之介《素盏鸣尊》

只读

时间宝贵，我们只读好书。

041 式亭三马《浮世澡堂》
042 三岛由纪夫《春雪》
043 三岛由纪夫《天人五衰》
044 三岛由纪夫《潮骚》
045 三岛由纪夫《假面的告白》
046 三岛由纪夫《金阁寺》
047 芥川龙之介《丝女纪事》
048 太宰治《和风绘 · 女生徒（插图纪念版）》
049 太宰治《和风绘 · 舌切雀（插图纪念版）》
050 芥川龙之介《和风绘 · 地狱变（插图纪念版）》
051 小泉八云《和风绘 · 怪谈（插图纪念版）》
052 吉田兼好《徒然草（中日对照版）》
053 川端康成《雪国》
054 川端康成《古都》
055 川端康成《千只鹤》
056 川端康成《伊豆的舞女》
057 川端康成《花未眠》
058 川端康成《东京人》